DREAMBOOKS★

DREAMBOOKS★

정준 현대판타지 장편소설

MODERN FANTASY STORY & ADVENTURE

기적의 앱스토어

3

dream
books
드림북스

기적의 앱스토어 3

초판 1쇄 인쇄 2015년 4월 17일
초판 1쇄 발행 2015년 4월 24일

지은이 정준
발행인 오영배
책임편집 편집부

펴낸곳 (주)삼양출판사 · 드림북스
주소 서울시 강북구 도봉로 173
대표 전화 02-980-2112 **팩스** 02-983-0660
출판등록 1999년 3월 11일 제9-00046호

© 정준, 2015

ISBN 979-11-313-0239-2 (04810) / 979-11-313-0236-1 (세트)

드림북스는 (주)삼양출판사의 판타지 · 무협 문학 브랜드입니다.

정준 현대판타지 장편소설

MODERN FANTASY STORY & ADVENTURE

3

기적의 앱스토어

dream
books
드림북스

목차

제1장

폭군이야, 폭군!

　난생처음 생각지도 못한 행운을 얻게 됐다.

　어떤 대기업으로 인하여, 분점을 열 곳이나 투자비용 없이 공짜로 개업할 수 있게 된 것이다.

　처음엔 혹시 사기가 아닌가 싶었다.

　하지만 얼마 지나지 않아서, 어떤 대기업의 회장께서 로드 카페의 커피 맛에 반하여—매일매일 커피 한 잔을 회장의 앞으로 가져다주는 것이 대가였던 것을 알게 됐다.

　또한 회장은 딱히 자선 사업을 하는 것도 아니었다.

　어디까지나 투자자의 입장으로서 순익의 절반을 가져간

다고 했다.

수긍이 갈 만한 제안이었다.

"리즈 스멜트? 대한민국을 이끌어 나갈 굴지의 대기업이
자 거대 그룹이지. 만약 없었더라면 우리나라는 홀라당 망
했을 거야."

대한민국의 기업과, 경제에 별다른 관심이 없었지만 체
인점을 열 곳이나 열어주니 변해진 모습!

수 년 동안 각 당에서 눈치만 봐 왔던 국회의원이 지우를
봤다면, 감탄을 절로 하며 '나도 간 보는 법 좀 가르쳐 주
게.'라며 가르침을 청했을 것이다.

여하튼, 이로 인해 그는 깊은 고민에 빠져 있었다.

"받은 건 좋은데, 이제 이걸 앞으로 어떻게 운용해야 할
지가 문제구나……."

분점을 한 번에 열 곳이나 낸 것은 좋다.

허나 과연 그 분점들이 본점과 같이 똑같은 대인기를 끌
것이냐가 문제였다.

일단 분점이 세워질 위치 자체는 좋은 편이었다. 나쁘기
는커녕, 이상향이라 할 정도로 유통 인구가 많으며 또 상업
이 크게 형성된 구역들밖에 없었다.

"홍대, 명동, 강남, 이대, 신림, 압구정, 코엑스, 교대,

고속터미널……그리고 리즈 스멜트 본사의 지하."

대학가는 물론이고 교통의 중심지, 그 외에도 상권의 중심가밖에 없었다. 다들 하나같이 땅값이 흔히 말하는 '어머니가 없는 가격이군!'라고 외칠 만큼이었다.

하지만 가격만큼, 인구가 많은 걸 넘어 과할 정도라 웬만한 일이 아니곤 망할 일이 없었다.

"아주 망하지는 않겠지. 하지만 거기서 멈출 생각은 없어. 남들보다 더 압도적으로 돈을 벌려면, 본점처럼 수익이 나와야한다."

본점의 최대 수익은 당연히 마법의 커피머신에서 나오는 '맛'과 '향'이다.

마음 같아선 마법의 커피머신을 열 개 구입하여 분점에 두고 싶었지만, 앱스토어의 규정상 포션처럼 소비품이 아니라면 개수가 제한되니 그럴 수도 없었다.

"어떻게 해야 할까?"

지우는 하루가 멀다 하고 고민에 빠졌다.

밥 먹을 때도, 님프가 쓸데없이 시비를 걸 때도, 자기 직전에도 항상 분점에 대한 생각을 빠뜨리지 않았다.

분점에 대한 생각 때문에 끙끙 앓고, 담배 연기를 뻐끔뻐끔 내밀며 멍하니 하루를 보내기를 약 삼 일.

슬슬 짜증이 솟구칠 무렵, 불현듯 스치듯이 지나가는 생각이 있었다.

"혹시……그게 가능할까?"

무언가의 생각이 떠오른 지우는 바로 행동에 나섰다.

그는 아직 문을 열기 전의 새벽 시간대에 본점으로 출근하여 어떤 실험을 해 보았다.

"일단 원두를 볶고…….."

커피의 제조 과정 중 가장 기초는 단연 원두를 볶는 것.

그리고 볶은 원두로 커피를 제조한다.

"그리고 이걸 다른 기계에…….."

마법의 커피머신은 볶는 과정을 포함하여 커피를 만든다. 하지만 지우는 여기서 도중에 멈추고, 볶은 원두를 일정량 따로 빼냈다.

그리고 미리 사왔던 드립커피머신을 통해서 커피를 따로 제조했다.

"꿀꺽."

어슴푸레한 새벽 아침을 맞이하며, 지우는 긴장한 얼굴로 탁자 위에 허연 김을 모락모락 피어오르는 커피를 살폈다.

마법의 커피머신에서 볶은 원두와, 다른 드립커피머신으로 제조한 커피였다.

"어디 맛은……오오오!"

커피를 맛본 지우의 얼굴에 화색이 돌았다.

맛은 나쁘지 않았다.

아쉽게도 앱스토어에서 구입한 마법의 커피머신 정도는 아니었다. 하지만 비율을 말하자면 약 팔십 퍼센트 정도. 먹으면 자메이카에 간다거나 하는 수준은 아니었지만 그래도 카페인 중독에 걸릴 만한 괜찮은 맛이었다.

"그래! 이거야!"

지우가 양손을 번쩍 들며 환호성을 내뱉었다.

'센트럴 키친(central kitchen)!'

며칠 동안 고민한 끝에 내놓은 방책은 바로 이거였다.

센트럴 키친이란, 조리를 끝냈거나 반 조리를 끝낸 식품재료를 계열의 점포에 공급하기 위한 조리시설을 말한다.

외식산업 발전의 기초에는 식품재료의 품질이 갖추어져 있고, 맛이 표준화되어 조리시간이 빠른 경우가 있는데, 그 목적을 위하여 이용되곤 했다.

물론 본점만큼 맛이 나오지는 않지만, 그래도 팔 할 정도면 준수한 수준이었다.

본점을 조리시설로 하여, 그걸 앞으로 세울 점포에 매일 옮긴다면 분점 역시 로드 커피의 맛을 살릴 수 있을 것이다. 그렇다면 매출 역시 평균 이상을 볼 수 있을 터!

'공부하길 잘했다.'

지우는 사업가가 된 이후로 앱스토어에만 의존한 것이 아니었다.

물론 앱스토어의 상품은 일반적인 경영을 무시하고도, 일정한 수익을 낼 수 있지만 업계에 대해 공부하고 지식을 쌓는다면 보다 큰 매출을 낼 수 있다.

그래서 대학 전공도 아닌 경영학을 따로 공부했고, 여러 프로그램을 챙겨보거나 책을 읽는 등의 행위로 머리를 굴렸다.

'그래. 앞으로 상품에 너무 의존만 해서도 안 돼. 공부는 중요하다. 앞으로 틈틈이 자기 계발도 해야겠어.'

시간에 여유가 생긴다면 꼭 공부를 잊지 않겠다고 다짐하는 지우였다.

'그럼 당분간은 본점도 휴무를 해야겠다. 분점에 보급할 원두를 준비해야하니까.'

지우는 계획을 세우자마자 행동에 들어섰다.

그는 며칠 뒤 곧바로 약 일주일 동안 휴무를 했다.

마음 같아선 좀 더 오랫동안 쉬고, 원두의 여유분을 모으고 싶었으나 아무리 로드 커피의 맛이 환상적이어도 너무 오래 쉬는 건 매출에 지장이 간다.

그래서 딱 일주일만 휴무를 했다.

이에 카페인 중독을 넘어 마약 중독은 아닐까 의심이 될 정도로의 손님들은 로드 커피 없이 일주일을 어떻게 보내냐고 아우성쳤지만, 별수 없었다.

보다 나은 미래를 위해서라면 호객, 아니 고객들에게 양해를 구해 놓고 준비해야 했다.

물론 휴무를 하기 전에 손님들에게 대대적으로 분점을 내놓는다고 광고를 하는 것도 잊지 않았다.

이에 손님들 중 대부분은 크게 기뻐해 주었다. 로드 커피를 먹기 위해서 멀리서 찾아오는 손님들도 있었기 때문이었다. 좋아하지 않는 손님들은 대부분 본점과 가까이에서 회사를 다니거나 혹은 사는 사람들뿐이었다.

참고로 분점은 아직 다 세워지지 않았다.

아무리 대기업의 힘을 빌려서 공사를 한다 하여도, 인테리어를 만들고 필요 자재들을 가져오는데 물리적으로 시간이 걸린다. 약 이 주일 정도가 소모될 예정이라 하였다.

또한, 당연한 이야기지만 리즈 스멜트가 로드 카페의 분점을 무료로 세워주는 사실은 대외적으로 비밀이었다.

임대료 또한 지우의 계좌로 송금됐으며, 계약도 그가 했다.

만약에 알려지면 여러모로 귀찮아지기 때문이었다.

대기업에는 적이 많다. 특히 국내 최대의 그룹인 리즈 스멜트는 사방이 모두 적이었다.

리즈 스멜트 그룹과 경쟁하는 계열의 그룹이나 대기업은 이기기 위해서 카페 사업에 진출하여 여러모로 방해 수작을 걸 것이다.

게다가 이것이 알려진다면 보통 시끄러워지는 것이 아니다.

카페 사업은 나름대로 규모가 큰 편이었다. 특히 대한민국이 그렇다. 몇 걸음만 가도 금방 카페가 보이며, 하루가 멀다하고 카페가 생겼다가 사라진다. 그만큼 카페가 많은 편이었다.

그러다 보니 만약 리즈 스멜트가 분점을 세운 것이 알려진다면, 분명 리즈 스멜트가 자본을 이용하여 카페 사업을 독점하려한다고 뭐라 말할 것이다.

그 외에도 기자들이 몰려들어서 지우와 리즈 스멜트와의 관계를 물어보는 등, 상상만 해도 짜증이 왈칵 솟는다.

수도 셀 수 없을 정도의 문제가 등장하는 건 지우도 리즈 스멜트도 원하지 않기 때문에 극비로 했다.

실제로 리즈 스멜트에서도 이걸 아는 사람은 손가락에 꼽았다.

"님프 씨는 쉬어서 좋다고 하는데, 난 어째 일만 하는 군."

＊　　　＊　　　＊

지우는 요 일주일 동안 정말 정신없는 하루를 보냈다.

가게 문은 닫은 채로 하루 온종일 원두만 볶아댔다.

볶는 동안에는 가게에 홀로 앉아서 여러 가지 공부를 했다. 경영에 도움 될 만한 서적이나 프로그램으로 꼬박꼬박 챙겨서 봤다.

그리고 추가적인 비용을 들어 볶은 원두를 분점으로 운반하기 위해 화물차도 중고로 오천만 원에 구입했다.

운전기사 역시 관계자가 좋을 것 같아서 요정을 고용했다. 요정 주제에 인간 사회의 운전면허증을 가지고 있는 것이 웃겼다.

그리고 시간이 흘러서 일주일이 지났다.

다시 본점을 열고, 장사를 시작했다.

일주일 동안 커피 맛을 못 본 고객들이 몰려와서 자리를 차지했다. 폐점을 하기 전까지도 자리는 꽉 차 있었다.

그날에는 인기검색어 순위에 잠시 동안 노출되기도 했

다. 그만큼 로드 카페의 인기도는 폭발적이었다.

그리고 영업을 끝내고 문을 닫은 뒤에도, 지우는 요정 직원들 중에게 야간 수당을 줄 테니 마법의 커피머신을 가동하여 원두를 볶아달라고 했다.

꿈과 희망이란 단어는 옛날에 버리고, 돈이면 환장하는 요정들은 반색하며 서로 차례까지 정해가며 맡았다.

그리고 지우는 분점이 열리기 이 주일 전부터 열 구역 모두를 돌아다니면서 건축 진행이 잘 되가는지 꼼꼼히 살펴봤다. 다행히 특별한 문제는 없었다.

"어이, 인간."

그러던 어느 날 님프가 그를 불러 대화를 걸었다.

"네, 무슨 일이시죠? 뭐 문제라도 생겼나요?"

"이제 분점도 생기고 커지겠네. 그럼 돈도 많이 벌겠고?"

"예? 아뇨, 저 돈 못 벌어요. 저 거지예요."

지우가 불안한 얼굴로 손사래 치며 부정했다.

"그럼 카페계의 대기업이네? 인간 세상에서도 대기업은 돈도 많이 준다며? 우린?"

이에 지우는 주변을 슥 둘러보고 아무도 없는 걸 확인하더니만.

"님프 씨만 올려줄게요. 대신 다른 직원들에겐 비밀로. 콜?"

"좋아. 인간이 세상사는 법 좀 아네."

님프가 흡족하게 웃었다.

노동조합과 인권단체에 신고할 정도의 이야기였다.

"그나저나 그, 네가 소개 시켜준 인간 여자 있지?"

"소정 씨요?"

"응. 슬슬 가수로 데뷔하고 싶나 봐. 아무래도 연습생 생활이 길어서 그런지 조금 불만하더라."

윤소정은 알다시피 연습생 생활을 정말 오래했다.

주 고민이 언제 데뷔할 수 있을까일 정도였다. 물론 님프의 제자로 들어간 뒤로는 그 불만은 옅어졌다. 그녀의 비상식적인 분위기와 노래 실력 덕분이었다. 그걸 배우는 것이라면 데뷔 정도는 늦춰줘도 좋다고 생각했다.

하지만 그래도 불만이 아주 없는 건 아니었다. 큰 불만 정도는 아니었지만, 그래도 은근슬쩍 말하는 정도였다.

"그럼 적당히 구슬려서 기다리라고 해 줘요. 어차피 나중에 광고를 위해서 싫어도 강제로 데뷔시켜야 하니까요."

"알았어. 자고로 인간은 맞으면 말을 잘 듣던데. 줘 패도 괜찮겠어?"

"안 돼요."

"저런……."

님프가 무척 아쉬운 얼굴로 입맛을 다셨다.

꽤 소름 끼치는 광경이었다.

*　　　*　　　*

정신없이 시간을 보내다보니 이 주일이 지났다.

그리고 분점이 개업하였다.

개업은 성공적이었다.

서울 곳곳에 위치한 분점에 손님들이 몰렸다.

물론 이로 인해 본점의 손님이 줄긴 했다. 타 지역에서
오는 손님들이 분점으로 가서 그렇다.

하지만 딱히 걱정할 필요는 없었는데, 원래 본점은 항상
좌석이 부족할 정도로 사람이 몰려 있는데다가 밖에서까지
사람들이 기다리는 지경이여서 그랬다. 사람들이 빠져나갔
는데도 본점은 여전히 손님들도 가득했다.

"커피! 커피를 내놔!"

"이 자식, 내가 먼저 줄 섰다고!"

"어서 오세요, 호객님들. 오늘도 그저 그런 원두로 만든

저희 길거리 커피를 애용해 주셔서 감사합니다."

참고로 원두는 개업을 시작하기 전에 요정이 화물차로 운반하여 가져다주었다.

또한 장사는 볼 것도 없이 당연히 성황을 이루었다.

일반적인 카페만 해도 새로 생기면 장사가 잘 된다. 홍대 등 번화가에 위치한 카페라면 그냥 있어도 사람이 몰렸다. 덕분에 나오는 수익도 어마어마했다.

약 한 달 정도 지나자, 본점까지 포함해서 열한 곳에서 나온 순익은 두 눈이 휘둥그레질 정도였다.

"음. 본점과 맛이 좀 다른데? 돈 많아졌다고 불순물 섞은 거 아니야?"

"꼬우면 마시지 말던가."

"캬! 역시 로드 카페의 점원들은 까칠한 게 매력이야! 이게 욕쟁이 할매랑 같은 건가?"

"엿 먹어."

"역시 예쁘고 잘생긴 사람들은 욕도 맛깔나게 하네!"

점원들이 시간이 갈수록 하나같이 님프의 영향으로 당장 고소를 먹어도 시원치 않을 태도를 고수했지만, 사람들은 딱히 기분 나빠하거나 하지 않았다.

비상식적으로 잘생기거나, 예쁜 사람들은 욕을 해도 비

난은커녕 특이한 매력으로 다가왔다.

일반적으로 약간 예쁘거나 잘생긴 정도라면 모를까, 보면 볼수록 정신이 멍해지니 올바른 판단이 불가능했다.

거기에 추가로 로드 커피는 마약은 아니었지만, 정말 마약처럼 기분이 좋아지거나 우울증이 해소되는 등의 효과를 지니고 있었다. 이 점이 한몫을 더해서 무사히 점원과 고객 간의 커뮤니케이션 문제를 넘길 수 있었다.

여하튼, 지우는 이번 달 매출을 확인한 뒤에 이리저리 원두 값이나 기타 등등을 제외하고 얼마 나오는지 순익을 총 계산해 보았다.

참고로 분점의 순익인 6,000만 원은 다시 계산해야 했다. 리즈 스멜트와의 계약 중에서 순익의 절반을 주기로 약조했기 때문이었다.

분점 열 곳의 총 순익은 6억이지만 거기서 절반을 빼면 3억이 남는다. 그걸 확인하니 입맛이 조금 썼다.

'인간의 욕심은 끝없다고 하더니, 정말이구나. 하지만 과한 욕심은 갖지 말자. 계약대로 줘야하는 돈이다.'

사업자로서 그는 악덕이었지만, 자기 욕심을 주체하지 못하는 바보 멍청이는 아니었다.

회장의 호의가 악의로 바뀔 수도 있을 것이고, 만약 그를

적으로 둔다면 아무리 앱스토어의 힘으로도 어찌할 수 없는 상황이 벌어진다.

그래서 지우는 과감하게 3억이나 되는 거금을 계약서에 명시된 계좌로 송금하였다.

"그래도 나에게 돌아오는 금액이 3억하고도 7천백만 원이다."

개인 사업자가 기업을 하는 것도 아닌데, 연봉도 아니고 월급이 3억 5천만 원을 훌쩍 넘는다. 그걸 연봉으로 계산해 보니 44억 5천 2백만 원이었다.

"허어, 끝내주네."

통장에 나열된 숫자를 보며 지우는 침을 질질 흘렸다.

계좌에 있는 금액을 보고도 정말 믿기지가 않았다.

수중에 들어온 가격이 너무 많아서 비현실적으로 느껴질 정도였다.

정확히는 저번 달에 화물차량으로 구입한 오천만 원을 제외하면 이번 달에 벌어들인 순익은 3억이었지만, 그건 아무래도 상관없었다.

"담뱃값과 밥값에 덜덜 떨었던 내가……이렇게 될 줄은 정말 몰랐어."

사회에서의 대우부터 일단 완전히 달라졌다.

물론 사회의 대우라고 해봤자, 은행 정도였다.

수익이 늘어나고, 본인 이름이 소유자로 올라간 점포가 열한 곳이 되자마자 핸드폰이 불같이 울리며 은행의 무슨 서비스를 하는 등의 광고 전화가 찾아왔다.

"돈이란 건 정말 무섭구나. 많다고 아주 좋은 것만은 아니었어."

정지우라는 인간은 대한민국에서 볼 수 있을 법한 평범한 남자에 불과하다.

아무리 앱스토어라는 판타지를 만났다 하여도, 금전 감각에 대해선 일반인에 한했다.

일반인은 자기 수중에 몇 억이 넘는 돈이 고작 한 달 만에 들어온다면 대부분은 기뻐하지만, 동시에 불안감도 상승한다. 이 많은 돈 때문에 누군가의 신뢰가 거짓으로 변하거나, 혹은 빼앗길지 몰라서 그렇다.

"정신 차리자, 지우야. 이건 허투루 써서는 안 돼. 또 어머니처럼 가족 중에 누군가 심하게 다치거나 한다면, 최소 십억인 엘릭서를 구입할 준비가 되어야 한다. 그러니 보다 많고, 터무니없는 자산 규모를 가져야 해."

지우는 양 뺨을 '짝!' 소리 나게 후려쳤다. 그리고 호흡을 가까스로 가다듬은 뒤에, 두 눈을 부릅떴다.

"이대로만 가자. 과한 욕심, 아니, '위험한' 욕심은 금물. 안전하고 신속하고, 정확하게. 앱스토어를 이용해서 세계에서도 손꼽을 부자가 된다."

혼자서 자폐증마냥 중얼거리기를 몇 번.

침묵 속에서 갑작스레 벨소리가 울렸다.

모르는 번호였다.

"음, 또 광고 전화인가. 이놈들은 대체 내 번호를 어떻게 알고 전화하는 거지? 돈 냄새 정말 잘 맡아."

농담이 아니고 정말로 돈을 벌기 시작한 뒤로 은행 외에도 어디에 투자하라고 온갖 희한한 전화가 끊이지 않았다.

이놈의 정보 유출은 맨날 없을 것이라 말하더니만 유출을 안 할 생각이 없는 모양이었다.

"여보세요."

—오, 전화를 금방 받는구만. 반갑네.

"대출 안 받습니다. 기부 생각 없습니다. 투자도 할 생각 없습니다. 사정이고 나발이고 전 모릅니다. 원래 요새 인심이 야박해서 이웃에게 살인 사건이 일어나도 잘 모르죠. 할 말 없으시죠?"

—나 리즈 스멜트의 회장 한도공일세.

"허, 이 새끼들 참 대단하네."

지우가 감탄사를 내뱉으며 놀란 표정을 지었다.

하지만 리즈 스멜트가 로드 카페를 투자한 것은 국가보안보다 더한 비밀이었다.

아무래도 기자인 모양이었는데, 이렇게 통화로 떠본 뒤에 관계를 알아내서 기사로 낼 생각이었다.

"네가 회장이면 난 드래곤이다. 내 레어에는 가지고 갈 건 없으니까 죽고 싶지 않으면 냉큼 가진 것 다 내놓고 꺼져라. 옷도 비싸면 그것도 내놔라."

—허헛! 젊은이가 의심도 많구만. 그래도 비밀을 지켜주니 고맙네. 하지만 걱정할 것 없고…….

"것 참, 말 많네. 이 새끼 늙은이 목소리도 잘 나네? 너 임마, 리즈 스멜트가 얼마나 무서운지 모르지? 사칭하다 걸리면 너 혀가 잘려요. 한도공 황제 폐하 별명이 폭군이야. 폭군!"

—…….

제2장

노인은 청년에게
돈의 가치를 묻는다

리즈 스멜트의 회장, 한도공.

이처럼 유명 인사는 일반인 입장에선 죽었다 깨어나도 보기가 힘든 편이었다.

티비 프로그램에 자주 나오며, 길거리 예능을 하는 연예인이라고 해도 방송 일정을 체크하며 일일이 따라다니지 않는 이상 보기가 힘든데 기업인은 더욱 보기 힘들다.

바깥에 나온다하여도 안이 보이지 않게 처리가 된 고급 차량을 타고 소리 없이 돌아다닌다.

몇몇 신경과민이 걸린 사람들은 회사에 출근하는 것조차

좋아하지 않아 자택에서 영상을 통해서 회의를 한다.

하지만 그래도 한도공은 비교적 만나는데 아주 어려운 정도는 아니었다.

별다른 일이 없는 이상 그는 본사의 위치한 회장실에서 하루를 대부분 보내기 때문이었다.

물론 그렇다 해도 아무나 볼 수 있는 것은 아니었다.

본사에서 일하는 사원은 당연히 못보고, 간부진이나 비서. 그리고 가족이나 친한 기업인 정도였다.

"바쁠 텐데 이렇게 귀찮은 일을 시켜서 정말 미안하네."

"아뇨, 괜찮습니다. 부디 이 미천한 놈을 죽여주시옵소서."

지우는 그 만나기 힘들다는 한도공을 눈앞에서 보고 있었다.

'난 죽을까? 유서를 써두는 편이 좋았을까?'

그리고 그는 한도공을 만나고 싶지 않았다.

어제만 해도 고마운 투자자이자 호의를 보여 준 한도공을 황제처럼 모실 생각이 있었으며, 기회만 된다면 그 용안을 뵙고 절이라도 하고 싶었다.

하지만 장난 전화 혹은 사기 전화로 생각했던 어제의 통화 때문에 완전히 달라졌다. 지우는 한도공을 만나지 않으면 지구가 멸망한다고 해도 결코 보고 싶지 않았다.

설마 한도공이 정말로 자신에게 전화를 걸 줄은 상상도 못 했기 때문에, 온갖 욕설을 내뱉으면서 장난을 걸었다.

드래곤이다, 널 죽여 버리겠다, 가진 것 다 내놓아라, 한도공은 폭군이다 등 통화 내용은 차마 입에 담기도 힘들 정도의 욕설과 장난뿐이었다.

후에 전화를 끊고. 계약했을 당시에 찾아왔던 비서가 안색이 새하얗게 변한 채로 찾아온 이후로 지우는 진심으로 유서를 써놔야 하나 고민했다.

여하튼, 비서는 그에게 회장인 한도공이 지우를 만나기를 원했다고 전해 주었다. 그게 전화의 용건이었다고 한다.

이에 지우는 황급히 알았다고 대답하곤, 일도 모조리 내팽겨 둔 채로 일단 리즈 스멜트의 분점으로 달려가서 제일 일 순위로 마법의 커피를 마시고 건물의 고층으로 향했다.

그리고 지금 회장실까지 도달해서 이 자리에 있었다.

"괜찮네. 원래 요새 보이스피싱이 많지 않은가. 그럴 수도 있지."

"성은이 망극하옵니다. 황제 폐하의 넓은 아량에 무릎을 몇 번이나 쳐야할지 감당이 나오지 않을 정도입니다."

살기 위해서 혀를 열심히 나불거리는 지우였다.

"그 괴상한 말투 좀 그만해 주면 안 되겠나? 아무래도 익숙하지 않아서 말일세."

결국 한도공이 쓰게 웃으면서 한소리 했다.

"네. 그래야죠. 당연합니다."

요상한 말투를 그만두면서도, 아부를 잊지 않는 지우였다.

"그런데, 자네. 날 보고도 놀라지 않는군?"

한도공이 커피를 손에 쥔 채로 옅게 웃으며 물었다.

"예? 왜요?"

황제, 아니 한도공의 질문에 지우가 머리를 옆으로 기울였다. 이에 한도공이 어이없는 표정을 지었다.

"으음……내 입으로 말하기 좀 뭐하지만, 예전에 청승맞게 비를 맞고 다니던 추레한 늙은이가……리즈 스멜트의 회장이여서 놀라지 않았는가?"

"……."

그 말에 지우는 잠시 회상에 잠겼다.

그는 곰곰이 생각하는 얼굴로 약 일 분가량을 가만히 있더니만, 점차 표정이 뜨악해지며 이윽고 경악했다.

"그, 그, 집에서 쫓겨난 할아버……아니, 그 노인이 회장님이셨습니까?"

"……자네, 그게 연기라면 사업 말고 연기자로 데뷔해야 겠어."

어이없는 걸 넘어서 정말 황당했다.

하지만 지우가 한도공과 만남의 두 번째라고 연상시키지 못한 것에도 이유가 있었다.

옷이 날개라는 말이 있다.

저번에 만났을 때 한도공의 차림은 좋지 않았다. 옷차림 이 값비싸다고 하여도, 오랜 시간 동안 비를 맞아 물에 젖 어 있었고 분위기만 보면 정말로 집에서 쫓겨난 노인의 모 습이었다.

그에 반면 지금은 국내에서 제일가는 그룹의 회장답게 그 위엄이 돋보였다. 옷차림도 멀쩡할뿐더러, 그때는 아내 의 기일이었는지라 우울하여 표정도 어두침침했다.

그때 노인과 지금의 한도공이 동일인물로 생각하는 사람 은 그렇게까지 많지는 않을 것이다.

게다가 지우는 한도공에게 전화로 온갖 욕설을 내뱉은 것 때문에 정신이 팔려서 그걸 신경 쓰지 못했다.

"그때 자네 말을 듣고 정말 여러 가지를 깨달았네."

한도공은 부드럽게 웃은 뒤, 커피를 한 모금 마셨다.

그 표정은 저번과 비교할 수 없을 만큼 밝았고, 어딘가 모르게 후련해 보였다. 십 년 묵은 체증을 떨쳐 낸 듯했다.

"내 소식이 끊긴 뒤, 자네 말대로 날 좋아해 주는 아들이 무척 슬퍼하고 걱정했다네. 듣기론 그 늦은 시각까지 발로 뛰면서 서울뿐만 아니라 전국 곳곳에 사무진을 불러서 찾아 달라고 부탁까지 했다더구나."

아들, 한도정은 다른 자식들과 달리 아버지를 진심으로 존경하고 사랑했다.

그 각별한 애정을 한도공은 실감할 수 있었다.

한도정은 일이고 자시고 다 때려치우고 오직 아버지를 찾는 데만 신경을 썼다고 한다. 그리고 한도공이 돌아왔을 때, 그는 중년의 나이임에도 눈물을 글썽이며 아비를 반겼다. 그 광경이 잊혀 지지 않았다.

"아들놈의 모습을 보면서 그놈을 더 이상 걱정시키거나 슬프게 하면 안 되겠다는 걸 깨달았어. 정말 고맙네."

한도공의 주름살 사이에 가려진 동공에서 진심으로 감사의 기색이 묻어났다. 지우는 그 눈동자를 마주 보면서 그 역시 씩, 하고 환하게 웃었다.

"도움이 됐다면 다행이네요. 그러니 앞으로 자식 걱정 시키지 마세요. 아, 참고로 그 아들분만이에요. 회장님 마음에 상처를 주는 놈들은 정신 차리기 전까지 사람 취급 안 해

쥐도 괜찮다고요?"

"아아, 그러지."

'참으로 신기한 젊은이야.'

리즈 스멜트를 굴지의 대그룹으로 성장시킨 뒤, 그의 주변에는 아첨꾼으로 가득했다.

개인의 이익을 위해서 한도공의 행동을 칭찬하고 찬양하기 바빴지, 지적하거나 충고한 적은 없었다.

물론 눈앞의 젊은이도 개인의 이익을 아주 안 챙기는 아니었다. 도리어 노골적인 정도였다.

방금 전까지만 해도 괴상한 말투를 하면서, 정말로 황제마냥 칭찬하기만 바빴다.

하지만 잘 보면 아주 무작정 찬양만 하는 건 아니었다. 그 증거로 지금 보면 알 수 있었다. 별 볼 일 없는 노인네가 상대였다면 모를까, 신분이 공개된 이후로도 정지우라는 젊은이는 자신에게 저번과 똑같이 못된 자식 놈은 신경 쓰지 말고 저번처럼 큰아들에겐 걱정시키지 말라고 하고 있었다.

'그릇이 큰 대인배인지, 아니면 작은 소인배인지 정말 모르겠구나.'

소인배처럼 아첨만 떨기 바빴는데, 이제는 세계적 그룹 리즈 스멜트의 회장에게 아무렇지 않게 관계가 좋은 아들에

겐 걱정 끼치게 하지 말고 인간성이 떨어지는 자식들에겐
모질게 구하라고 당당하게 말한다.

정말 알게도 모를 인물이었다.

"그나저나, 이제 전 슬슬 돌아가 봐도 될까요? 급한 마음
에 온 거라서……."

지우는 사실 아까부터 이 자리가 굉장히 부담스러웠다.

한도정은 정지우라는 인간을 파악하지 못했지만, 일단
그는 기본적으로 평범한 사람에 불과했다.

대한민국의 거물을 코앞에 두고 함께하는 자리는 아무래
도 어려웠는지 한시라도 빨리 편한 집이나 본점으로 돌아가
고 싶어 했다.

"아, 이런!"

이에 한도공은 깜빡한 무언가를 떠올렸는지, 손뼉을 치
면서 어색한 웃음을 흘렸다.

"내 정신 좀 보게. 미안하네. 내 사실 자네를 부른 건 사
적인 것도 있었지만, 공적인 일도 있어서도 그러네."

"공적인 일……말입니까?"

한도공의 말에 지우의 얼굴에 긴장감이 어렸다.

"그래. 사업자끼리의 입장에서 하는 이야기지."

한도공은 공사를 확실하게 하는 인물이었다.

"사업자라면 공사는 구분해야지. 방금 전에는 자네에게 은혜를 얻은 사람 입장에서 대화를 했지만, 앞으로는 투자자로서 말을 하지."

국내 최고의 거물은 커피를 탁자 위에 올려두었다.

'허. 마법의 커피를 도중에 멈추다니. 대단한 자제력이다.'

농담이 아니라, 알다시피 마법의 커피는 한 번 맛을 보면 멈추기 힘든 강한 중독성을 지녔다. 자신 역시 그 맛을 똑똑히 알고 있는데다가, 그가 알기로 어떤 손님도 도중에 멈추는 행동을 하지 못했다.

카페의 주목적은 대화긴 하지만, 로드 카페의 손님들은 일단 커피부터 다 마시고 난 뒤에 대화를 시작한다.

"만약 자네가 수익을 깨끗이 포기하지 않고, 나와의 만남 자리에서 협상을 했더라면 난 분점 모두를 철거했을 것이네."

"……."

지우가 꿀꺽 하고 침을 삼켰다.

"물론 사업자, 아니 상인에게 교섭이라는 건 중요하지. 비싼 것을 깎아서 이익을 남긴다. 그건 기본이야. 하지만, 그릇에 맞지 않는 과한 욕심은 때때로 피를 부르니까."

한도공은 이미 성의치곤 과하다 할 정도로 지우에게 큰 선물을 안겨주었다.

지방에 분점을 내주는 것도 감지덕지한데 서울 한복판에서 상권이 활발한 지역, 흔히 말하는 노다지를 세워준 것은 성의 수준에서 끝나지 않는다.

"난 투자자이며, 로드 카페의 공동 사업자이기도 하지. 사실 자네에게서 들어오는 가격은 나에게 딱히 중요하지 않아. 내 자산 가치는 공식적으로 약 200억 달러쯤 되네. 한화로 22조 2천억 정도지. 물론 비공식적으론 제법 더 나가지만, 이건 중요하지 않으니 굳이 말하지 않겠네."

지우는 얼빠진 얼굴로 입을 떡 벌렸다.

한도공이 국내 최대의 부자인 동시에, 세계 재벌 100명 안에 들어간다는 것은 알고 있었지만 설마 이렇게 터무니없을 줄은 몰랐다. 현실 감각이 사라지는 숫자였다.

거기에 모자라 비공식 재산은 더욱 많다고 하다니, 그 금액을 상상조차 할 수 없었다.

그의 말대로, 한도공이나 되는 사람에게 매달 3억 원씩 계좌로 들어오는 로드 카페의 수익은 생각보다 큰 편은 아니었다.

"자네는 나에게 돈으로 해결할 수 없는 조언을 해 주었어. 그래서 그 고마움에 자네에게 투자하기로 마음먹었지. 하지만 그것으로만 선뜻 수십억을 투자하기는 좀 그렇지 않나?"

"예."

"난 같이 일할 사람이자, 투자할 사람을 많이 보는 편이야. 그래서 자네에게 일종의 테스트를 한 거라네. 과연 투자할 가치가 있는지. 아마 자네는 기분이 좀 상했을지도 모르겠군. 정말로 미안하네."

자신이 모르는 사이에 멋대로 테스트 당한다.

당연히 불쾌할 법했다.

"괜찮습니다. 그건 당연한 일이니까요."

지우는 정말로 기분 나빠하지 않는 모습을 보였다.

그 역시 비슷한 경험이 있었다.

예를 들어 윤소정만 봐도 알 수 있다.

지우는 윤소정을 보고 님프를 통해서 그녀를 투자하기로 하였다. 실제로 연예 기획사의 연습생을 대하는 것처럼, 식비나 교통비. 그리고 집세까지 내주고 있었다.

후에 윤소정을 대한민국 제일의 가희로 만들어서 광고도 찍는 등 방송으로 사업에 도움이 되기 위해서였다.

그리고 이 결정을 하기 전에 지우는 미리 윤소정에 대해서 호적까지 조사한 것은 아니었으나 사람 됨됨이가 괜찮은지, 정녕 신뢰할 수 있는지. 그리고 능력도 괜찮은지 여러 모로 생각한 적이 있었다.

"용서해 줘서 고맙네."

"그래서……전 투자할 만한 놈입니까?"

지우가 덤덤한 어조로 물었다.

한도공은 그런 지우를 물끄러미 쳐다보았다.

'욕심으로 번들거리는 눈빛이다. 그러나……다른 욕심쟁이들과는 다르다.'

밑바닥 인생에서 모든 걸 쌓아 올린 한도공은 인생에서 정말 수많은 사람들을 봤다. 그중에서 가장 많은 유형 중 하나가 바로 욕심쟁이다.

특히 중년 시절이 지나간 이후, 일정한 재산과 기업을 만든 이후로 그런 부류의 사람이 제법 많이 찾아왔다.

그리고 눈앞의 정지우라는 인간이 그런 부류들과 똑같은 눈을 하고 있었다. 모든 걸 손에 넣고 싶어 하는 욕망.

하지만 신기한 것은 그 욕망이 더럽기는커녕, 왠지 모르게 순수하게 느껴졌다.

머리를 몇 번 굴려 봐도 도저히 이해할 수 없다.

여태껏 이런 유형의 인간은 단 한 번도 본 적이 없었다.

"탈락했다면 자네를 진작 내쫓고, 분점을 모조리 돌려받았을 것이네. 계약도 해지했겠지."

"휴, 정말 다행이군요."

안도의 한숨을 내쉬며 지우가 환한 안색을 보였다.

"질문 하나 해도 괜찮겠나?"

"그 질문이라는 건 테스트입니까?"

"아니, 그저 순수한 궁금증에서 나오는 질문이네. 어떤 대답을 내놓건 자네에게 준 분점을 빼앗지 않겠다고 약조하지."

"좋습니다. 그럼 마음 고생하지 않고 대답해도 상관없겠군요. 취업 면접 같은 분위기는 힘들어서 무리거든요."

지우가 머리를 위아래로 흔들었다.

"여러 가지 대화를 나누었지만, 이 공적인 대화의 주제는 결국 돈이지. 자네에게 돈은 무엇인가?"

회장의 질문에 지우는 바로 답하지 않고 침묵을 지켰다.

그러곤 30초 정도 회장과 시선을 교환하다가, 이내 한숨을 가볍게 내쉬며 질문에 답했다.

"……음. 먼저 말씀을 드리자면 전 회장님께 심도 있고 철학적인 답변은 해드릴 수 없습니다. 만약 그런 기대를 하고 계시다면 미리 죄송하다고 말하고 싶군요."

말을 끝낸 뒤의 지우는 한도공의 표정을 살폈다.

그리고 별다른 문제가 없다는 것을 확인하곤 머릿속으로 생각나는 대로 목소리를 냈다.

"요새 책을 많이 읽습니다. 거기에 나오는 글귀 중 마음에 드는 게 있는데, 그게 참 가슴에 와 닿았습니다."

"그게 뭔가?"

"부는 많은 걱정거리를 해결해 준다(Riches cover a multitude of woes)."

글귀를 지우의 입을 통해서 들은 한도공이 두 눈을 껌뻑이곤 무언가 떠오른 표정을 지었다.

"아아, 그리스의 희극 작가 메난드로스(Menander)를 말하는 겐가?"

"알고 계시는군요."

"내 취미가 독서일세."

"그 희극 작가가 말한 것처럼, 부는 정말로 많은 걱정거리를 해결해 줍니다. 전 그걸 위해 살고 있습니다."

지우는 얼마 전에 어머니의 교통사고를 한도공에게 이야기해 주었다.

물론 포션의 경위는 숨겼고, 어찌어찌 운이 좋아서 겨우 살아남을 수 있었다고 대충 얼버무렸다.

그리고 한도공에게 그때 다짐했던 것을 전해 주었다.

"돈은 결코 세상 모든 문제를 해결해 주지는 않습니다. 그렇지만 대부분의 문제는 해결해 주죠."

"하지만, 그 돈 때문에 자네는 불행해질 수도 있네. 나처럼 자식들의 재산 분할, 그리고 이 자리까지 올라오면 사람과의 신뢰도 잃어버리지. 어떤 자는 돈 때문에 타락하기도 하네."

한도공은 씁쓸하게 웃으며 지우의 말을 지적했다.

"무한한 돈은 전쟁의 핏줄이 된다(Endless money forms the sinews of war)."

고대 로마의 정치가 겸 저술가. 키케로(Cicero)

"돈을 받는 모든 직업은 마음을 빼앗고 타락시킨다(All paid jobs absorb and degrade the mind)."

고대 그리스의 철학자, 아리스토텔레스(Aristotle).

한도공은 계속해서 유명인의 말을 차용하여 명언을 줄줄이 읊으려 했지만 애석하게도 이어지지 못했다. 지우가 그를 제지하듯이 말을 끊었기 때문이었다.

"회장님."

만약 이 자리에 두 사람 외에 제3자가 자리에 앉아 있었더라면 지우를 보고 미쳤냐고 뜯어 말렸을 것이다.

다른 누구도 아니고 리즈 스멜트의 회장이 말하는데 어 딜 도중에 끊느냐고 말이다.

그만큼 무모하다고 불릴 정도로의 행동이었다.

"가난보다 더한 불행은 없습니다."

"……."

"돈이 없으면 배를 채울 수 없습니다. 겨울에 매서운 추 위를 막아줄 집에서 살 수 없습니다. 다치면 병원에 가서 치료를 받을 수 없습니다. 음식도, 약도……아무것도 없습 니다."

지우는 무언가 생각난 듯, 조금 괴로운 표정을 지었다.

"그리고 전 그 돈을 보다 많이 벌어서, 욕을 먹어도, 비 난을 먹어도 제가 사랑하는 사람을 지키기 위해서 힘을 낼 겁니다. 아버지를, 어머니를, 여동생을……그리고 생길지 는 모르지만 미래의 아내와 자식들을 위해서 악착같이 벌 겁니다. 그게 제 인생의 목표고 전부입니다."

'아아……그런가, 이 젊은이의 눈에 비친 욕망의 정체는 그것이었나.'

그저 목적 없이 돈을 원하는 것이 아니었다.

가족에 대한 사랑.

그리고 가족에게 찾아오는 위험에 대한 두려움.

그 두려움을 해결하고, 걱정을 해소하고, 사랑하는 사람들을 지키기 위해서 돈을 번다. 돈 자체가 목적이 아니다. 돈은 어디까지나 도구였다.

그렇기에 더럽혀지지 않은 순수함을 알 수 있었다.

소유욕 같은 욕심이 아니었다.

"질문에 답해 줘서 정말 고맙네."

그제야 한도공의 얼굴도 부드럽게 풀렸다.

"그 신념, 쭉 이어가도록 바라네."

"물론이죠."

지우는 여태껏 지은 표정 중에서 가장 거짓 없고, 순수하고 밝은 미소를 보였다.

"미소가 참 보기 좋구먼. 자네라면 아가를 보여줘도 괜찮겠어. 그 아이를 상처 입게 할 인물은 아니야."

"예? 아가요?"

"아아. 잠깐 기다리게."

영문 모를 소리를 한 한도공은 잠시 자리에 일어나서 문 바깥을 향해 들어오라고 목소리를 높여 외쳤다.

그러자 얼마 지나지 않아 굳게 닫힌 화려한 문이 잠음 하나 내지 않고 조용히 열렸다.

문을 열고 나온 사람은 지우와 비슷한 동년배의 여인. 그것도 상당한 미모의 소유자였다.

단정하게 올려 묶은 머리, 눈에 띠지 않을 정도로의 옅은 화장, 살짝 치켜 올라간 눈매에선 제법 냉엄한 분위기가 흐른다. 뿔테 안경도 쓰고 있어 왠지 모를 깐깐함이 묻어났다. 딱 봐도 기가 보통은 아닌 듯 해 보였다.

약 삼 센티미터 정도의 힐을 신고 있어 걸어올 때 또각또각 하고 굽 소리가 났다.

지우가 그녀를 보고 처음 느낀 첫인상은 딱 대기업의 지체 높은 분의 비서인 느낌이었다.

사무적인 일에 제법 빡셀 것 같고, 조금만 나이를 먹으면 히스테리를 부리지 않을까. 하고 막연하게 생각하는 그였다.

"실례하겠습니다."

여인은 허리는 꼿꼿이 피고, 다리를 모은 채 허리를 구십 도로 숙여 절도 있게 인사하였다.

"아가, 이리 와서 앉으려무나."

지우와 한도공은 가운데 직사각형 탁자를 두고, 탁자의 끝과 끝 부분에 위치한 푹신푹신한 소파에 앉아 있었다.

소파는 총 네 개였는데, 탁자를 기준으로 양옆에도 있었다.

아가라고 칭해진 여인은 한도공이 턱 끝으로 가리킨 좌측의 소파에 앉았다.

"이 청년의 소개는 저번에 했으니 잘 알고 있겠지?"

"예, 회장님."

"누가 보는 자리도 아닌데, 말은 편히 하거라. 그리고 지우 군에게는 아가에 대해 말 안 했으니 소개도 하고."

한도공이 여인을 쳐다보는 시선에는 애정이 듬뿍 흐르고 있었다. 마치 큰아들인 한도정을 보는 것처럼 말이다.

"만나서 반가워요. 앞으로 할아버님을 대신해서 로드 카페의 분점에 대한 지분을 갖게 되어, 약간의 관리를 하게 될 한소라라고 합니다."

"할아버님……? 그렇다면…….."

지우가 의아한 눈으로 한도공을 슬쩍 쳐다봤다.

"그래. 내 손녀일세. 그리고 유일하게 관계가 좋은 큰아들의 딸이기도 하지."

'허억! 소문으로만 들었던 재벌 3세!'

드라마나 영화에서나 나올 법한 인물의 등장에 지우가 헛바람을 들이켜며 놀란 기색을 보였다.

"잠깐. 그보다 지금 관리라고 했습니까? 회장님, 제가 예전에 들은 것하곤 조금 이야기가 다른데요. 운영은 제 마음대로 하는 것이 아니었습니까?"

놀란 것도 잠시, 지우가 눈살을 찌푸리곤 물었다.

이에 반응한 건 한도공이 아니었고, 한소라였다.

'이 남자, 미쳤나?'

한도공은 세간에서도, 그룹 내에서도, 그리고 가족들 사이에서도 호랑이로 통하는 무서운 사람이다. 그녀가 알기론 할머니를 제외하곤 자식이고 뭐고 간에 엄하게 대하곤 했다.

게다가 한 번 화가 나면 어느 누구도 제지할 수 없으며, 불호령이 한 번 떨어지는 순간 하나같이 바들바들 떤다.

그런 사람 앞에서 대놓고 눈살을 찌푸리고, 대놓고 따지듯이 말하자 한소라는 겉으로는 드러내지 않았지만 속으로 기겁했다.

"물론 운영은 당연 자네의 몫임세. 하지만 그래도 어떻게 돌아가는지는 확인해야 하지 않겠는가? 관리라곤 했지만, 툭 까놓고 말하자면 감시일세. 만약 자네가 혹시라도 운영을 개판으로 할 경우엔 그녀가 개입하게 될 걸세. 지분의 반을 가지고 있으니 이 정도는 이해해 주게나."

한도공은 정지우라는 인간은 신뢰한다.

하지만 그의 능력까지 모두 신뢰하는 것은 아니었다.

세상사는 모를 일. 특히 사업 관련은 더더욱 그렇다.

어떤 일이 벌어져서 하루아침에 망할지 모르니, 잘못된 판단을 위해서라도 자기 사람을 붙여야했다.

그래서 한도공은 혈연 중에서 믿을 만한 사람을 불렀다.

일단 카페에 투자한 것 자체가 비밀이라서, 혈연 외에 이 감시를 맡기기가 조금 애매했다.

물론 그렇다고 무조건적으로 혈연으로 부른 건 아니었다. 또한 총애하는 한도정의 딸이라서 택한 것도 아니다.

한도공은 감시자로 알맞은 사람을 꼼꼼히 찾아봤다.

인성은 어떤지, 감시자로서 옳고 그름을 판단할 수 있는 능력은 되는지, 그리고 비밀을 잘 지킬 수 있는지 말이다.

능력만 좋고 인성이 좋지 않아 교만이 가득하면, 분명 지우를 제대로 감시하지 못하고 무시하거나 사사건건 시비를 걸 것이다. 그랬다간 도움은커녕 방해만 준다.

물론 여기서부터 대부분이 탈락이다.

이런 말하기 뭐하지만, 한도공은 자식 농사만큼은 잘 하지 못했다. 한도정을 제외하면 능력이 좋아도 인성이 좋지 않은 놈들도 가득했다.

특히 그들은 부모의 배경, 사회적 지위가 낮다면 한없이 깔보고 무시하는 성격을 지녔다.

자식은 부모의 거울이라는 말이 있다. 부모가 교육을 그렇게 시킨다면 대부분이 그렇게 자라난다.

그래서 손자, 손녀 중 대부분이 탈락했다.

그렇다고 인성만 좋아서는 아니 된다. 감시자답게 지우의 업무와 능력을 확인하고, 그걸 통제할 사람이 필요했다. 그래서 고르고 고른 것이 한소라다.

그녀는 재벌 3세라고, 주변 사람들을 낮게 보지 않는다.

부모님에게 어릴 적부터 엘리트 교육을 받으면서, 인성이나 교양 역시 중요하다고 됨됨이를 받았기 때문이었다.

가정교육도 좋았으며, 일단 한소라라는 인간 자체도 성격이 괜찮은 편에 속했다.

"능력은 의심하지 않아도 괜찮네. 원래는 하버드 대학에서 공부를 하고 있던 아이니까. 또한 아비를 따라다니면서 업무도 배웠으니, 직장 생활 경험이 아주 없는 것도 아니네. 이건 내 장담하지."

"허억! 하버드! 하버드 나오셨어요?"

지우의 눈이 튀어나올 듯이 커졌다.

명실공이 최고의 대학이 아닌가. 중학생, 아니 초등학생도 알 만큼 명성이 드넓은 하버드다.

하버드의 대학생은 주변에서 볼 수 없는, 정말 다른 차원의 인간이다. 그런 인간이 앞에 있으니 신기할 법했다.

"그럼 둘이서 이야기해 보게. 이 늙은이가 끼면 불편하겠지? 난 그렇게 눈치 없는 사람이 아니니까 말일세. 끌끌끌!"

한도공은 소개팅을 연 친구마냥 음흉하게 웃곤 자리에서 일어났다.

지우는 황당한 얼굴로 얼른 일어나서 떠나려는 한도공을 제지하려했지만, 그러기도 전에 그는 황급히 떠나가듯이 문을 열고 나가 버렸다.

그리고 주인이 사라진 회장실 내부에는 이십 대 남자와 여자가 어색하게 자리 잡고 있었다.

제3장

가정을 위해
자신을 포기한 남자

"정지우, 정지우라……."

리즈 스멜트의 부회장인 한도정은 눈앞에 놓인 서류를 호기심 반, 곤란함 반이 뒤섞인 눈으로 내려다봤다.

얼마 전부터 지속된 그의 곤란함은 회장이자 아버지인 한도공의 기행(紀行) 때문이었다.

돌아가신 어머니의 기일 때, 아버지가 처음으로 소식이 끊겼다. 그때는 정말 난리가 아니었다. 일단 자신의 아버지는 약속만큼은 철저한 인물인지라 자신의 당황은 더더욱 심했다.

다행히 몇 시간 뒤에 아버지가 무사하게 복귀하였다. 비록 이상한 트레이닝복을 입고 있었지만 그건 그렇게까지 중요한 것은 아니었다.

중요한 건 그다음부터의 행동이었다.

"도정아. 내가 비밀리에 카페의 체인점을 좀 세우려 한다."

"예?"

처음 그 말을 듣고 한도정은 아버지의 말을 농담은 아닐까 의심했다.

하지만 한도공이 그 이후로 해 준 이야기를 듣고 그게 더 이상 농담이 아니라는 것을 알 수 있었다.

어머니의 기일에 아버지가 나갔던 일, 하염없이 걷다가 우연찮게 청년의 호의에 카페에 들렀던 일. 그리고 따뜻한 커피를 대접받고, 그 청년의 조언을 들었던 것까지 빠짐없이 세세하게 듣게 됐다.

여기까지도 문제가 제법 있지만, 청천벽력 정도의 소식은 아니었다. 한도정이 경악한 건 그 뒤의 이야기였다.

미국 하버드에서 유학 중인 딸, 한소라에게 휴학을 하라 하고 귀국시킨 것도 모자라서 체인점의 감시자를 하는 말을 듣고 얼마나 놀랐는지 모른다.

물론 카페의 체인점이라고 무시할 건 아니다. 한도공이 자비를 들어서 직접 주시한 곳이었으니까. 살아 있는 전설이라 불리는 아버지의 안목이기에 분명 국내에서도 유명해질 것이다.

실제로 조사했을 때 로드 카페의 유명세는 대단했고, 투자해도 괜찮을 법했다.

그런데 여기서 더 충격적이었던 건……

"사위 후보라니, 진짜 할 말을 잃게 만드시는군."

한도공이 정지우라는 청년을 손녀의 남편 후보감으로 생각하고 있다는 것이었다.

이건 보통 일이 아니었다.

리즈 스멜트의 후계는 철저한 능력제다. 혈연이라고 무작정 후계자로 지목되지 않는다. 한도공의 말에 의하면, 만약 한도정이 없었더라면 사내에서 자식이 아니라 다른 경영자에게 넘길 생각을 했을 정도란다.

즉, 능력만 인정이 된다면 남자 여자 할 것이 회장직을 물려받을 수 있다는 뜻이었다.

그걸 생각해 보면 장녀인 한소라는 별일이 없다면, 후에 차기 회장직에 어울리는 유력한 후보 중 하나였다.

딸이라서 그렇게 생각한 것이 아니다.

객관적으로 한소라라는 인간의 능력과 인성, 사교성 등등을 따져 봐도 동년배에서는 따라올 자가 없을 정도다.

그 증거로 회사 내의 상층부나 주주들 중에서도 그녀를 지지하는 사람들이 벌써부터 속속히 등장하고 있었다.

또 아내를 닮아서 그런 건지 미모는 어찌나 아름다운지.

그 천재성과 미모. 그리고 인성과 능력 등은 이미 재벌계에서 소문이 나, 대한민국 대기업부터 시작하여 외국의 대기업까지 약혼 얘기가 빗발처럼 쏟아지고 있었다.

그러던 중 갑작스레 아버지가 뜬금없이 찾아와서, 사윗감으로 쓸 만한 놈을 건졌다며 얘기해 주었다.

그리고 사윗감은 예상했던 대로, 아버지에게 어머니 기일 때 특별한 선물을 주었던 카페의 젊은 사업가였다.

"확실히 대단하긴 하지만……."

한도정은 그 말을 듣자마자 정지우라는 남자에 대해서 조사했다.

가난하지만 그래도 별 문제없는 가정에서 태어났고, 그럭저럭 서울에서 중위권 대학에 들어갔다

군대도 별 문제없이 다녀왔고, 그 이후에는 목도리 장사를 하여 선풍적인 인기를 끌어서 카페를 차리고 연봉이 수십억이 예정되는 사업가가 됐다.

갓도리의 경우 지우가 철저하게 자기 신분을 숨겼지만, 리즈 스멜트의 힘을 빌려서 그걸 어찌어찌 겨우 찾아냈다.

일단 사윗감이 어떤 녀석인지는 알아야 했으니까.

어쨌거나, 딱히 나쁘지는 않다. 혼자서 독립하여 여기까지 일궈냈으니 평범한 사람을 기준으로 대단하였다.

하지만 그건 어디까지나 평범한 사람의 기준이다.

쉽게 생각해 보자.

리즈 스멜트의 차기 회장의 딸.

국내에서 그럭저럭 잘나가는 카페의 사업가.

비교 자체를 할 수가 없었다.

"소라가 마음에 든다면 나야 상관없지만……하아!"

듣기론 아버지가 맞선 형식으로 소개까지 시켜준다 했다.

한도정은 그래도 자식의 의사를 존중해 주는 편이다. 로미오과 줄리엣처럼, 딸이 진정 한 남자를 사랑하고 그 남자가 그럭저럭 괜찮다면 한도정도 지지해 줄 의향이 있다.

다만 진정 걱정되는 것은 그 뒤에 찾아올 후폭풍이었다.

'일단 나나 아버지를 제외하면 모두 성골(聖骨)주의니까.'

재벌계에서는 흔한 일이다.

드라마에서 흔히 나오는 각본 중 하나인데, 부잣집 자식의 배우자로 들어갈 때, 집안이 좋지 않다면 무시 받거나 아예 문전박대를 당한다. 혼례는커녕 연애도 할 수 없었다.

그리고 드라마의 가상 속 상황이 꼭 현실에 없는 건 아니다. 반대로 많다 못해 넘치는 편이었다.

성골주의. 능력의 유무 상관없이 혈연이나 학연 등 사람 됨 됨이를 보지 않고 오직 높고 대단한 배경을 가진 사람들만 혼례를 올리는 것이다.

그렇다고 이 일이 아주 이상한 것은 아니었다.

세상에는 별별 사람들이 다 있는데, 그중에는 배우자의 집안 배경만 보고 재산을 노리는 이들도 있었다.

그래서 대부분 재벌가의 사람들은 아무런 배경 없는 사람이 집안에 들어올 경우, 십중팔구 그런 부류로 생각했다.

만약 정지우가 사윗감 후보에 오른다면, 성골주의로 무장한 집안사람들과 그룹의 주주들 역시 대놓고 싫어할 것이 뻔했다.

그리고 만약 두 사람이 부부가 된다 하여도, 이 후폭풍을 감당할 수 있느냐가 문제였다.

'게다가 자수성가한 사업가들은 대부분 자존심도 강한데.'

무자본으로 아무것도 없는 땅에서, 사업을 당당히 성공시킨 자들은 남녀불문 나이무관하고 일반인보다 프라이드가 높았다.

자기 아내가 자신보다 능력도 배경도 뛰어나다면, 자존심이 상해서 서로 싸우거나 가문을 뛰쳐나갈지도 모른다.

혹은 아내 몰래 다른 여자들과 바람을 피우거나.

너무 과한 추측이 아니나 싶을지도 모르지만, 실제로 이런 일은 통계적으로 많은 편이었다.

'대체 어째야 하는 건지.'

한도정의 걱정은 깊어만 갔다.

*　　　*　　　*

틱톡틱톡.

시계 초침이 맛깔스러운 소리를 내며 움직였다.

소개팅의 주선자가 사라진 자리는 어색한 적막감으로 가득했다.

'대체 뭐하는 남자일까?'

한소라는 마주 보고 있는 남자, 지우를 물끄러미 쳐다봤다. 지금 이 분위기가 굉장히 어색하고 불편한지, 다리를 꼬았다가 풀었다가를 반복하면서 안절부절못하는 모습을 보였다.

'대체 뭐하는 남자인데 그 할아버님이 직접 투자하게 된 걸까?'

한도공은 리즈 스멜트 외의 사업에는 결코 투자를 하지 않는다. 그런 사람이 이번에 처음으로, 알려졌다간 많은 논란을 일으킬 만한 행동을 저질렀다.

물론 아버지, 한도정에게 들은 바로 의하면 할머니와의 추억을 다시 떠올리게 해드린 호의라는 것은 알고 있었지만 너무 과하다 싶은 생각을 했던 한소라였다.

위험을 무릅쓰고 투자한 인물. 그런데 정작 만나 보니 이런 유형은 한소라에게 있어도 처음이었다.

그녀는 자랑은 아니지만 자신이 제법 예쁘다는 것을 알고 있었다.

대학을 다닐 때도 그랬고, 여러 재벌계 자제들을 만날 때 그 특유의 시선을 느끼고 있었다.

그런데 눈앞에 남자는 자신을 보고도 어떤 반응을 하지 않았다.

미모의 여성, 그것도 한도공의 손녀 앞에서라면 눈치 보이기 바쁠 텐데, 어려워하거나 칭찬하기는커녕 말을 꺼내지 못하고 얼른 자리에서 벗어나고 싶은 눈치를 보였다.

그리고 더더욱 경악한 것은 하늘같은 할아버님 앞에서 긴장한 듯 보이지만, 주눅 들지 않고 자기 할 말을 뻔뻔하게 하는 것이었다.

그걸 보고 한소라는 지우를 정신 나간 사람 취급을 하고 있었다.

'할아버님은 이 남자가 장차 큰 인물이 될지도 모른다고 하셨어. 과연 맞을까?'

한도공의 안목을 믿지 못하는 건 아니다.

그녀가 알기로 살아 있는 전설이라 불리고 있는 남자, 한도공은 투자나 사업 관련으로 실패한 적은 거의 없었다.

실패가 아주 없는 건 아니었지만, 그렇다고 그리 큰 것도 아니었다. 그렇지 않다면 리즈 스멜트가 존재했을 리 없다.

"괜찮다면 소개 좀 부탁드릴게요. 지우 씨에 대해서 제대로 들은 바가 없거든요."

결국 호기심을 참지 못한 한소라가 먼저 어색한 침묵을 깨고 말을 꺼냈다.

"아, 예. 나이는 스물다섯이고요. 집안 사정 때문에 대학교는 잠시 휴학하고, 카페를 하고 있습니다. 꿈은 세계 제일의 재벌입니다."

"……."

얼이 빠질 정도로 터무니없는 자기소개!

회사 면접 시에 이런 대답을 내놓았다간 면접관들 모두의 정신을 안드로메다로 보내줄 수 있다.

"어머, 우연찮게도 저랑 동갑이시네요. 휴학한 것도 그렇고, 지우 씨랑 전 비슷한 부분이 여럿 있네요."

한소라는 겉으로 다가가기 힘든 분위기를 풍기고 있지만, 그 속을 보면 전혀 아니다.

그녀는 어릴 적부터 세계 곳곳의 기업 등의 사교 파티에 참석했고, 여러 교양도 받으면서 성장했다.

성장 배경이 이렇다보니 사교력도 좋은 편이었고, 남들과의 커뮤니케이션 능력도 활발하고 좋은 편이었다.

"아까 전에 회장님이 설명했다시피 전 하버드에서 경영학을 전공하다가 이런저런 이유로 유학을 잠시 중단하고 귀국했어요. 지우 씨는 이런 나이에서부터 사업자로서 두각을 보이신 걸 보면 저랑 비슷한 전공을 하신 것 같은데……"

"아, 아니요. 한국 대학교에서 국문학 전공했습니다."

"네……?"

한소라가 포커페이스를 잃고 당황한 표정을 지었다.

그녀는 순간 자신이 잘못 들은 건 아닌가 싶어 두 귀를 의심했다.

한국 대학교를 모르는 건 아니었다.

수준이 그렇게 낮은 것도 아니다. 일단 서울권 내에 위치한 대학이며, 그럭저럭 수준의 대학이었다.

일류 대학을 부르기엔 부족한 이류 정도의 수준이랄까.

딱히 그게 나쁘다는 건 아니다. 하지만 재벌계 입장에서 이류 대학은 죄악이다.

한소라를 비롯하여, 한도공 재벌가의 자식들은 모두 하나 같이 외국의 명문 대학을 나왔거나, 국내에서 세 손가락 안에 드는 대학교를 나왔다. 죄다 초일류라 이류 수준의 대학을 나온 사람이 없었다.

또한 그녀도 지금까지 만나 본 사람 중에서 어중간한 학력인 사람은 거의 없다시피 했다. 대부분 세계에서도 유명한 대학 출신이었다.

한소라가 당황하는 것도 이상한 것은 아니었다.

"아아, 그러고 보니 자수성가하셨다고 하셨죠. 사업하기 전에 돈이 없으셔서 원하는 대학을 못 가셨나 봐요."

성적이 좋은데도, 장학금을 받지 못할 것 같아서 일부러 수준이 좀 낮은 대학을 지망하여 전교 등수를 높여 장학금을 타려하는 사람이 종종 있다는 것을 책에서 읽어본 적이 있었다.

"아뇨. 제가 공부도 잘 못했거든요. 그래서 그래요. 겨우 턱걸이 한 거라 전교 등수도 밑에서부터 세는 게 빨라요."

"……."

커뮤니케이션 능력은 지하 아래까지 떨어진 남자였다.

"그, 그래도 대단하시네요. 딱히 경영을 공부하신 것도 아닌데, 이른 나이에 벌써부터 성공하신 걸 보면 생각지도 못한 재능이 있었던 모양이에요. 그걸 생각하면 능력이 대단하시네요."

꼭 경영학을 전공했다고 사업이 성공하는 것은 아니었다. 이 세상에는 철학이나 심리학, 혹은 물리학 등 경영과 무관한 예체능을 공부했는데도 사업적으로 성공하는 사람이 종종 있다.

물론 그중에는 심지어 대학을 도중에 중퇴하거나, 혹은 아예 대학을 가지 않은 사람도 있다.

비록 보기 드문 사례이긴 하지만, 존재하기 때문에 한소라는 지우도 그런 부류라고 생각했다.

"아니요. 그냥 운이랑 상식이 통용되지 않는 방법을 찾아서 그래요. 그거 없었으면 꿈도 못 꿨죠."

"……."

더 이상의 사적인 대화는 이어지지 않았다.

한소라도 결국 포기하고, 업무 이야기를 꺼내기 시작했다. 주로 어떻게 감시할지, 그리고 수익의 절반은 어디에 송금해야 할지 등등 분점에 대한 대화만 했다.

'으. 공부 해야겠다.'

과연 하버드 출신이기도 하고, 리즈 스멜트의 부회장을 곁에서 보좌하기도 한 경험이 있는 그녀는 상당히 수준 높은 커리어 우먼이었다.

노트북을 가져와서 여러 자료를 보여주면서, 매출이나 통계 등을 미리 조사했는지 지우 본인보다 로드 카페에 대해서 속속들이 알고 있었다.

그런 한소라를 보면서 지우는 지식의 한계를 많이 느꼈다. 여러 전문 용어가 나오는 것 같은데, 공부라곤 대학을 가기 위해서 이를 악물고 공부했던 적 외에 없었던 지우여서 그런지 하나도 알아먹을 수 없었다.

그렇게 한도공이 제법 기대했던 젊은 남녀 간의 소개팅은 산산조각 났고, 결국 한 시간 동안 사무적인 이야기만 하고 집으로 돌아간 지우였다.

"대체……뭐하는 사람이지?"

지우를 배웅까지 해 준 뒤, 한소라는 매끈하게 잘빠진 외제차의 운전석에 앉아 찝찝한 표정을 지었다.

미팅은 무사하게 잘 끝났다. 지우는 자신은 여자라고 전혀 무시하지도 않았고, 졸부의 전형적인 특징을 보이지도 않았다.

웅. 우웅. 우우웅.

고운 미간을 찌푸린 채로, 방금 전에 만난 남자에 대해 깊이 생각하고 있던 한소라는 주머니에서 느껴지는 스마트폰 진동에 겨우 생각에서 빠져나왔다. 그러곤 발신자를 확인하고 깜짝 놀라 얼른 받았다.

"네, 부회장님."

아버지 한도정이었다.

―곁에 누가 있니?

"아니요. 차 안에 있어요."

―넌 너무 딱딱해서 문제란다. 항상 말하지만 주변 시선이 없다면 그냥 편히 불러라.

"네, 아빠."

그녀는 좋게 말하면 융통성이 없었고, 나쁘게 말하면 너무 고지식한 게 흠이었다. 특히 일할 때만큼은 가족과 함께 있어도 직책을 부르곤 했다.

―그는 어땠냐?

정지우와의 미팅 일은 한도정도 알고 있었다. 그리고 그 미팅 결과를 손꼽아 기다리는 사람이기도 했다.

그래서 한소라는 다시 주변에 누가 없는 걸 확인하였다. 앞으로 할 얘기는 회사 내에서도 비밀이기에 조심, 또 조심해야 했다.

이에 그녀는 한도공이 자리에 있던 일부터 시작해서, 방금 전까지의 일까지 모두 설명했다.

이야기를 전해들은 한도정도 당황한 목소리를 냈다.

—그것참 이상한 놈이로구나. 학력은 그렇다 해도, 너 같은 미인 앞에서 사무 얘기만 하고 딱히 사적인 대화를 하지 않다니.

"아빠. 그거 성희롱이니까 자꾸 장난치시면 화내요."

한소라는 표정 변화 하나 없이 담담한 얼굴로 아버지를 힐난했다.

—하하하, 알았다. 자세한 얘기는 집에 가서 영상통화를 걸도록 하려무나. 너에게 그에 대해서 말할 것이 있으니까.

"네, 알겠어요. 그럼 이따 봬요."

—그래.

이후, 집에 돌아가서 영상통화를 통해 한도공이 정한 남편 후보감이라는 소식을 듣자마자 한소라는 잠을 이루지 못했다고 한다.

*　　　*　　　*

"휴우, 정말 다른 세상에 다녀온 기분이야."

며칠 전에 리즈 스멜트를 회상한 지우는 한숨을 내쉬며 다신 생각하기 싫은 듯, 고개를 좌우로 털어 냈다.

그는 지금 실로 오랜만에 가족을 보러 원래의 집을 향하고 있었다.

"이젠 지하도 보기 힘들겠지. 그 전에 얼른 찾아서 조금이라
도 응원해 주자."

지하도 수능이 반년밖에 남지 않았다.

그동안 가족들에게 얼굴을 잘 보이지 않은 것은 로드 카페
때문에 바쁘기도 해서 그렇지만, 더 큰 이유는 여동생에게 방
해가 되고 싶지 않았기 때문이었다.

간간히 메시지나 전화로 연락하고 있지만 직접 얼굴을 맞대
고 응원하는 것과는 느낌이 다르다.

그래서 조금이라도 여유가 있는 기간에 방문해서 응원을
할 생각이었다.

"저 왔어요."

"우리 아들!"

부엌에서 저녁 식사를 준비하고 있던 어머니가 반색하며 아
들의 방문을 환영했다.

저번에는 멋진 곳에서 외식을 했지만, 오늘은 집에서 가족
들끼리 단란한 시간을 보내기로 했다.

"잘 지냈어요? 이건 선물이에요."

그는 인터넷에서 여러모로 알아보고, 유일한 이성 친구인 김
수진과 상담하여 구입한 명품백을 어머니에게 건넸다.

"어머머, 이거 굉장히 유명한 건데! 어휴, 돈도 없을 텐데 뭘 이런 걸……아니, 너 돈 많이 벌지? 그러면 앞으로 비싼 거 많이많이 사오려무나. 호호!"

어머니는 귀에 걸릴 정도로의 웃음을 보였다.

"어서 와."

방문이 열리면서 언제나처럼 무표정인 지하가 나타났다. 오랜만에 보는데도 표정 변화 없는 것이 조금 아쉽지만, 그래도 별일이 없다는 뜻이니 한편으로는 안도할 수 있었다.

"잘 있었어? 자, 이건 선물."

지우가 지하에게 선물을 건네주었다.

지하는 그걸 받아서 확인하였다. 그리고 선물의 정체를 확인한 그녀의 눈썹에 깊은 고랑이 파였다.

"……부적?"

"응. 효능 좋기로 유명한 절에 찾아가서 샀어. 농담이 아니라 정말이니까, 그거 공부할 때 꼭 품 안에 넣거나 책상 위에 두고 공부해. 머리도 맑게 해 주고, 정신도 집중하게 해 주는 데다가 수능도 대박칠 수 있다고 하더라고."

그 말에 지하가 부적을 이리저리 살폈다.

집중(集中), 기원(祈願), 공부(工夫), 수호(守護).

총 여덟 가지의 한자가 나열해 있었다.

"웬일이니. 너 이런 미신 안 믿잖아?"

명품백을 정신없이 확인하던 어머니가 신기한 듯 눈을 휘둥그레 뜨며 말을 걸어왔다.

그녀의 말대로 본래 정지우라는 인간은 비과학적인 걸 딱히 믿는 편이 아니었다. 특히 귀신이나 이런 부적 같은 것 등은 누가 뭐라 해도 과학적인 근거가 확실하지 않으면 믿지 않았다.

하지만 앱스토어를 알게 되면서 귀신같은 것과는 비교도 되지 않는 판타지를 만나니 요새는 귀신이 있을 것이라 생각했다.

'물론 일반적인 부적이라면 잘 안 믿겠지. 다만 이건 앱스토어 제(製)니까.'

절에서 구입했다는 건 당연히 거짓말이었다.

그가 여태까지 믿은 종교는 훈련병 때, 기독교의 빵과 음료수. 불교의 초코파이. 천주교의 잭팟처럼 튀어나온 라면 정도다. 당연히 어디 절이 유명하거나 하는 등의 이야기는 잘 모른다.

여하튼, 부적의 출처는 앱스토어. 어젯밤, 가족들에게 무슨 선물을 들고 갈까 해서 잠시 쇼핑을 즐겼는데 그중 눈에 띄는 것이 있었다.

수험부적(受驗符籍)

−구분: 기타

−상품을 구입해 주셔서 감사합니다.

−앞으로 힘들게 유명한 절을 찾아가서 절을 할 필요가 없습니다. 그 시간에 돈을 벌어 이『수험부적』을 사면 자녀의 수험은 Excellent!

−공부 시에 잡념을 지워주고, 집중할 수 있게 됩니다.

−공부를 할 의지가 없다면 이 부적은 그저 휴지 조각입니다. 모든 것은 수험생의 의지에 있습니다.

−수면을 최대한 억제해줍니다. 하루에 일곱 시간을 주무셨다면 졸음은 결코 오지 않습니다.

−긴장을 풀어 주고 마음을 편안하게 해줍니다.

−집중 시에 소변과 대변이 아무리 급해도 나오지 않습니다. 다만 그로인한 변비는 책임지지 않습니다.

−사용 기한은 일 년입니다. 이걸 사용하고도 재수하셨다면 또 구입하세요. 본사는 고객의 재수, 삼수, 사수, 오수. 나아가 백수(百修)까지 환영하는 바입니다.

−가격: 10,000,000

설명서를 봤을 때는 응원은커녕, 재수를 권장한다는 말이 적혀 있어 조금 거시기 했지만 그래도 앱스토어의 상품답게 효과는 끝내줄 것 같아서 바로 결제해서 구입했다.

부적 주제에 천만 원이나 했지만, 이걸로 좋은 컨디션으로 좋은 성적을 내 대학에 합격할 수 있다면 더할 나위 없다.

"아버지는요?"

거실에 앉은 그는 이제야 집에 한 사람이 없는 걸 깨닫고 어머니에게 물었다.

"오고 있는 중이래. 시간에 딱 알맞게 밥 먹을 수 있겠구나."

어머니가 답했다.

"그럼 오실 동안에 텔레비전이나 시청해야지."

자취방에는 텔레비전이 없기 때문에, 뉴스 등 세상 돌아가는 일은 항상 스마트폰으로 보는 그였다.

그는 오랜만에 거실에 위치한 소파에 앉아 텔레비전을 봤다. 마침 오후 시간대의 뉴스가 방영하고 있었다.

　　—다음은 국제 사회 소식입니다. 중화권의 범죄 조직인 구주방(九州幇)이 북경 도시 한복판에서 총격전을 일으켰습니다. 이로 인해 사망자가 수십 명 이상 났으며,

중상자도 수백 명으로 추정되며……중국 정부의 발표
에 의하면 구주방과의 적대 조직과의…….

"와, 저런 일이 있었다고? 진짜 현실이 판타지고 영화라니
까."

국제 사회 뉴스를 보면서 지우는 감탄했다.

나중에 돈이 충분하고, 여유가 생긴다면 가족들과 함께 해
외여행이라도 갈 생각이었는데 중국만큼은 피하자고 생각하
는 지우였다.

―다음 소식입니다. 오늘날, 지구촌에서 한 사람으로
인해 한류 열풍이 불고 있습니다. 세계 최대 동영상 사
이트인 '튜브(Tube)'에 뮤직 비디오를 올려 벌써 몇 백만
조회 수를 보인 가수, '김효준'이 바로 그 주인공입니다.

"호오. 굉장한데."

윤소정을 데뷔시키려고 생각하고 있는 지우는 요즘 따라
부쩍 연예계에 관심이 많았다. 그래서인지 평소에는 보지도 않
는 연예계 소식에 눈을 반짝이며 관심을 보였다.

방송에 의하면 김효준은 지우보다 세 살 많은 남성 가수이

며, 원래는 무명 가수였지만 2년 전부터 가창력이 상승하여 유명해졌다고 한다.

그리고 약 반년 전, 뮤직 비디오를 공개했고, 튜브에 올라가 고속도로 조회 수를 쓸어 담고 있다한다.

게다가 가창력뿐만 아니라 얼굴도 잘생겼고, 키도 훤칠하며 연기도 굉장히 잘한다고 한다.

덕분에 한국에서 국제적인 대스타가 등장하는 것이 아니냐며 연예계는 김효준에게 집중하고 있었다.

"나 왔다."

"엇."

한참 텔레비전을 보면서 여가 시간을 보내고 있을 무렵, 아버지가 드디어 회사에서 귀가했다.

지우는 자리에서 벌떡 일어나서 아버지를 반겼다.

"오셨어요, 아버지? 수고하셨어요."

"음. 왔구나."

아버지는 어머니처럼 호들갑을 떨진 않았지만, 은은하게 반가운 기색을 보이며 아들을 맞이했다.

"당신 왔어요? 밥 거의 다 됐으니까 얼른 씻고 나오세요."

부엌에서 요리에 열중하던 어머니가 거실을 힐끗 쳐다보곤 말했다. 이에 아버지는 머리를 끄덕이곤 정장을 벗은 뒤에 욕실로 들어갔다.

그리고 약 10분 정도 지나자, 집 안에서 입는 간편한 복장으로 나온 아버지가 식탁에 앉았다.

그동안 지우와 지하는 어머니를 도와서 요리를 식탁에 올려두었고, 먹을 준비를 했다.

식단은 침을 꿀꺽 삼킬 정도로 먹음직스러웠다.

보글보글 소리를 내며 아직 끓고 있는 얼큰한 콩나물국, 생기가 돋보일 정도로 신선한 야채 무침, 간장으로 버무린 불고기, 완숙으로 익힌 계란찜, 마지막으로 한국인이라면 빼놓을 수 없는 김치까지 준비되어 있었다.

그리고 어머니가 마지막으로 아버지의 옆자리에 앉자, 4인 가족은 식사를 시작했다.

"역시 엄마야. 정말 맛있어요."

"그렇지? 이 엄마가 식당에서 얼마나 일했는데!"

어머니는 아들의 칭찬에 자부심 가득한 얼굴로 환하게 웃었다.

지우가 말을 꺼낸 걸 시작으로 가족들 사이에는 여러 대화가 오갔다.

"참, 아버지 깜빡했네요. 이거 선물입니다."

밥을 꼭꼭 씹어 먹은 뒤, 지우는 잊고 있던 것이 떠오른 얼굴로 잠시 거실에 다녀와 아버지에게 손목시계를 건넸다.

손목시계는 한눈에 봐도 값비싸 보였다.

수정진동자를 이용하고, 건전지로 작동하는 쿼츠가 아니라 태엽과 여러 개의 톱니바퀴로 작동하는 기계식 시계였다.

일단 기계식은 쿼츠보다 비용이 크다. 많은 부품이 사용되어 제작과정에 비교적 큰 비용이 들어가기 때문이다.

손목시계는 블랙과 화이트 컬러가 잘 어우러져 있고, 움직이는 초침을 보면 빨려 들어갈 것만 같은 마력이 돋보였다.

"이거 가격이 상당할 것 같은데……네가 사업을 한다지만 아무리 그래도 이건 너무 과했다. 난 괜찮으니 얼른 환불해라."

자고로 여자에게 부의 상징이 가방이나 목걸이, 반지 등이라면 남자에게 부의 상징이란 자동차와 손목시계다.

손목시계 중에서 정말 고가의 브랜드 중에선 자동차 한 대가 나오는 경우도 있었다.

물론 지우가 선물한 손목시계는 그 정도는 아니었고, 100만 원 상당이었다.

"아버지, 전 괜찮아요. 저 정말로 돈 많이 벌어요."

"물론 네 카페가 사업이 잘돼가고 있는 건 나도 잘 알고 있단다. 하지만 그래도 선물로는 과하지 않을까 싶구나. 네 엄마에게 준 것도 백만 원이 넘을 텐데, 선물로 이백만 원이나 쓰다니. 차라리 그 내 몫으로 너 밥 먹는 데 써라."

"아버지……."

아버지의 태도에 가슴이 뭉클했다.

다른 부모라면 자식 선물을 마다하지 않고 좋아할 법도 한데, 아버지는 반대로 자식에게 부담이 갈까 봐 정말로 싫어하고 계셨다.

'아들이 돈이 많아져도 변한 게 없으시구나.'

근검절약(勤儉節約). 아버지의 좌우명이다.

하지만 정작 자식들에게 쓸 돈은 아끼지 않는다.

그가 알기로 아버지는 평생 입고 다니는 양복도 바꾸지 않고, 딱 두 벌만 쓰고 있다. 그게 십 년째다.

회사 생활하는데 무시 받거나 그럴지도 모르는데, 아버지는 돈을 모아서 아들과 딸에게 선물을 줬다.

자식들에게는 남들에게 무시 받지 않도록 꾸미고 다니라는데, 정작 자신은 꾸미지 않는다.

하마터면 눈물을 왈칵 쏟을 뻔했다.

"아버지. 저 아버지에게 시계 선물을 할 정도로 돈은 있어요. 아버지를 위해서 억지 부리는 게 아녜요. 정말이에요."

"사업한 지 얼마 안 돼서 여기저기 돈 많이 들 텐데, 네가 돈이 어디 있다고……?"

"그게……."

부모님에게 거짓말을 웬만하면 하고 싶지 않았지만, 지우는 약간의 거짓을 섞어 리즈 스멜트의 얘기를 했다.

물론 리즈 스멜트의 회장은 어떤 돈 많은 거부로 바뀌었고, 거부가 커피 맛에 반하여 큰마음 먹고 투자했다는 식으로 말했다.

아버지를 비롯하여 가족을 믿지 않는 건 아니다.

그러나 한소라가 되도록 가족에게도 웬만하면 비밀을 지켜 줬으면 한다고 요청했다.

혹시 모르는 경위로 유출이라도 됐다간 성가신 일이 벌어져 서 그렇다.

"그게 정말이니? 네 말대로라면 상권이 발달된 중심가에 체 인점을 열었다는 말인데. 그거 임대하느라 수십억 정도 들었을 텐데……."

어머니가 너무 놀라 식사를 잠시 멈추고 물었다.

"네, 정말이에요."

"허어. 믿기지가 않는구나. 우리 가족에게 이런 경사가 생기 다니. 꿈인지 생시인지 구분도 가지 않는구나."

아버지도 숟가락을 식탁에 놓고, 우수에 잠긴 목소리로 중얼거렸다.

"꿈이 아니에요. 이제 저랑 지하 대학 등록금 걱정 안 하셔
도 괜찮아요. 아버지도 엄마도 더 이상 아끼시지 말고 풍족하
게 사세요. 집도 이런 좁고 낡은 곳이 아니라 좋은 곳으로 이
사 가요. 대출금도 제가 다 갚아드릴게요. 저 충분히 능력되니
까요."

지우는 부모님 얼굴을 한 번씩 쳐다본 뒤에 생긋 웃었다.

군대 가기 전, 자식 학비 때문에 한숨을 내쉬던 모습을 보
고 얼마나 마음이 아프던가? 그것만 생각하면 억장이 무너졌
다.

"……흠."

아버지가 침음을 흘렸다.

그러곤.

"안 돼."

거부했다.

아버지는 어릴 적부터 보았던 강직한 눈동자로 아들의 눈
은 똑바로 마주 보며 말을 이었다.

"그건 네가 번 돈이다. 넌 능력 없는 아비 밑에서 아주 잘
자라주었어. 게다가 동생에게 폐가 될 까 봐 집에서 독립해서
아르바이트를 하며 힘들 텐데도 사회생활을 했지. 난 그게 너

무 대견스럽고, 또 미안하단다."

아버지의 눈에서 미안한 감정이 전해졌다.

"딱히 이 아비의 자존심 같은 건 아니다. 난 너에게 다른 아버지들처럼 제대로 해 준 것이 없어. 그게 너무 미안해서, 너한테 그런 것까지 받을 입장이 되지 못한다. 그 돈이 얼마 건 그걸 버느라 고생한 건 너지 내가 아니야. 그걸 우리가 사정이 안 좋다고 가져오다니, 그런 폐를 끼치고 싶지는 않단다."

아들은 이미 가족을 위해서 많은 걸 희생했다.

가정 사정이 좋지 않아서 집으로 나가고, 돈을 벌어서 심지어 집세에 보태라고 생활비도 꼬박꼬박 챙겨줬다.

"그러니 이건 얼른 환불해라."

아버지는 손목시계를 선물 상자에 넣었다.

"……아버지."

이야기를 들은 지우는 후, 하고 한숨을 내쉬었다. 그러곤 아버지처럼 시선을 피하지 않고 똑바로 쳐다보며 단호한 어조로 말했다.

"절 불효자로 만들지 마세요. 아버지야말로 저희 가정을 위해서 희생하셨잖아요."

지우는 부드럽게 웃었다.

"제가 중학생 때, 학원가고 싶다고 한 거 기억나세요?"

"……?"

지우의 집안은 알다시피 그가 어렸을 적부터 찢어지게 가난할 정도는 아니었지만, 평범한 정도도 아니었다.

그때 당시에도 학원비가 한 달에 몇 십만 원은 가볍게 넘었기 때문에 그걸 감당할 수 없었다.

하지만 그럼에도 불과하고 지우는 남들이 다 간다는 이유만으로 학원을 가고 싶었다. 자신이 억지를 부리는 것을 알고 있는데도 졸랐다.

그리고 언제부터인지 아버지의 귀가가 늦어졌다.

밤늦게 퇴근하고, 휴일인 주말에도 아침 일찍 어디론가 나갔다.

그때는 철없게도 아버지가 친구들과 어디론가 놀러가나 하고 생각했다. 그런데 아니었다.

아버지는 아들을 위해서, 아들의 철없는 부탁을 들어주기 위해서 휴일을 포기하고 일하셨다.

새벽에 소변이 마려워서 잠시 일어났던 적이 있었는데, 늦게 들어오신 아버지를 맞이한 어머니와의 대화를 우연찮게 들을 수 있었다.

"여보, 괜찮으세요? 이러다가 쓰러지겠어요."

"괜찮아. 어렸을 때부터 집안 눈치 보면서 아이답지 않게 성숙했던 애야. 장난감 사달라고 졸라본 적도 없고. 그런 애가 다른 것도 아니고, 공부하고 싶다고 학원에 보내달라고 했어."

"그럼 저도……."

"됐어. 당신은 안 그래도 나 같은 남자 만나서 고생하고 있잖아. 더 고생시키고 싶지 않아."

"그래도……."

"어허. 괜찮다니까. 아직 팔팔하니까, 더 일할 수 있어."

아버지는 철없는 자신을 위해서 회사를 퇴근한 이후에도, 주말에도 공사판에 나가 돈을 벌었다.

그날, 방 안에 들어가서 베개에 얼굴을 묻고 울었다.

"그 외에도 아버지의 은혜는 셀 수 없을 정도로 많아요."

지우는 손을 뻗어, 좁은 식탁 위에 올라온 아버지의 손을 감싸 안았다. 그 손은 굳은살로 가득하고, 거칠었다.

"등록금, 생활비는 아무것도 아니었어요. 군대 첫 면회 때 선임들에게 아들을 잘 부탁한다고, 치킨이랑 담배도 사주셨고. 저뿐만이 아니에요. 지하도 저랑 같아요."

지우가 눈동자를 느릿하게 굴려 지하를 쳐다봤다.

그 시선과 마주친 지하도 머리를 끄덕였다.

"아버지는 저희가 걱정할까 봐 힘든데도 싫은 소리 하나도 안하셨어요. 울지 않으셨어요. 퇴근한 이후로 저희는 자고 있어서, 대화도 못해서 아쉬워하셨을 텐데. 그런데도 꾹 참고 저희를 위해 노력해 주셨어요."

국적을 불문하고 평범한 아버지의 주 활동 영역은 바깥사람답게 자신의 직장이다.

즉 대부분의 경우 이윤을 내기 위한 조직인 기업에서 종사하게 되고 가족들과 공유하는 시간이 적다

그러다 보니 가족 내에서는 소외되고 이해 받지 못하는 안타까운 경우가 많이 발생한다.

그래서 그런지 가족들과 이해와 의사소통에 어려움을 겪게 된다.

'아버지'는 고등학교 자기소개서에서 자주 존경하는 사람으로 거론되곤 한다.

대부분의 사유는 '가정을 위해 자신을 포기하시는 대한민국 대표가장'. 실제로 대부분이 이 희생정신을 보고 존경한다. 지우 역시 마찬가지였다.

게다가 우리나라 아버지들은 이상하게도 절대로 약한 모습

을 보이면 안 된다는 고정관념을 가지고 있는데, 이는 한 가정의 버팀목이라고 느끼기 때문이었다.

그래서 대부분 자신이 힘든 일은 절대로 가족에게 알리지 않고 혼자 끙끙 앓으며 해결하는 경우가 잦았다.

"아버지, 아버지의 말대로 아버지는 완벽한 사람이 아니에요. 하지만 아버지의 행동, 마음, 사랑. 그건 완벽하다고 생각해요."

태국의 한 광고에서 나온, 많은 사람들을 울린 명언이다.

"전 거기에 너무나도 많은 은혜를 받았어요. 그걸 갚으려면 평생 모은 돈을 드려도 부족할 정도예요. 그러니까, 부탁할게요. 부담 갖지 마시고 저에게 은혜를 갚을 기회를 주세요."

"정말, 못 말리겠구나. 그 고집은 누굴 닮았는지……."

"아버지를 닮아서 그렇죠. 안 그래요?"

세상에서 가장 위대한 남자.

사람들은 그 남자를 아버지라 부른다.

제4장

연예계, 진출하느냐 안 하느냐

한 달이라는 시간이 또 눈 깜짝할 사이에 갔다.

한소라라는 귀찮은 감시자가 붙기도 했고, 분점이 제대로 자리를 잡을 때까지는 그도 관리를 해야 했기 때문에 게으름을 피우지 않고 열심히 일했다.

참고로 한소라가 분점을 처음으로 방문했을 때, 그녀는 조금 당혹스러워했다. 다른 것이 아니고 요정 직원들 때문이었다.

"지우 씨. 혹시 직원들 얼굴 보고 뽑아요?"

한두 명이라면 모를까, 남녀구분 없이 하나같이 비현실

적인 미모를 지녔기 때문이었다. 한 명도 빠짐없이 모두 대단한 외모를 지니고 있으니, 한소라는 이런 오해를 하는 것도 당연했다.

"아니요. 그냥 좀 사정이 있어서요. 신경 쓰지 마세요. 그 외에는 신경 쓰이는 것 없어요?"

"그것만으로도 엄청 신경 쓰이는데요. 뭐 숨긴 거라도 있어요?"

"아뇨. 절대. 전 털어도 먼지 하나 나오지 않는 놈입니다. 제가 숨기고 있는 비밀을 하나도 없습니다."

한 번 털면 세계가 발칵 뒤집어질 정도로의 비밀이 나노분자 단위로 있다.

지우는 처음에 그녀가 방문할 때 걱정하는 것이 하나 있었다. 바로 요정들의 귀였다.

귀를 가릴 정도로 머리가 긴 요정들은 상관없었지만, 그 외에는 조금 문제였다. 그래도 명색의 요정답게 귀가 판타지의 엘프 종족처럼 좀 뾰족한 편이었다.

헌데 신기하게도 한소라는 그걸 신경 쓰기는커녕 아예 쳐다보지 않는 눈치였다. 그러고 보니 그녀 외에도 모든 손님들도 요정족의 뾰족한 귀를 신경 쓰지 않았다.

의문이 든 지우는 님프에게 찾아가서 물었다.

"병신아. 당연히 인식장애 마법 걸어뒀지."

"인식장애요?"

"그래. 예전에 그 가수 계집 때문에 홍대에 갔을 때, 주목받지 않은 것과 같은 연유야. 아우라를 한없이 낮췄고, 인식장애도 걸었어. 대마법사 할애비가 와도 못 알아봐. 물론 너 같은 고객은 빼고."

"호오."

뒷말은 꽤 흥미로웠다.

나중에 알아보니, 요정의 고용인인 앱스토어의 고객은 노동자를 인식하지 못하면 곤란하여 이차원고용의 계약상, 고용주에게는 통하지 않았다.

반면 일반인은 귀를 보고도 어떠한 의문도 갖지 못한다.

그저 '엄청 예쁘거나 멋있다.' 라는 인식밖에 없다.

게다가 요정은 외모로 화제가 되도, 연예 기획사 등 스카웃 제의를 받지 않았다.

그러한 연유는 다른 차원의 존재인 요정이 현대 지구에 사회적으로 영향을 줄 수 없기 때문이다.

연예인처럼 사회에 영향을 줄 수 있는 존재로는 인식되지 않기 때문에 제의를 할 생각자체가 존재하지 않는다.

그 증거로 한소라만해도 요정들을 보고 미모가 굉장하다

고 놀랄 뿐, 그 이후에 깊게 의문을 갖지는 않았다.

"벌써 10월인가."

무더웠던 더위도 사라졌다.

이십 대 초반에 바다 한 번 가보지 못했지만, 대신 돈을 많이 벌 수 있었으니 상관없다. 한 달이 지나고 또 3억 7천만 원가량을 벌었다.

대신 집안을 위해서 돈을 제법 썼다.

한 달 전에 아버지에게 말했던 대로, 일단 자신의 학자금이나 기타 잡다한 대출 등 빚을 일억 정도 써서 갚았다.

두 달 동안 나온 수익이 대충 7억 4천만 원이다.

저번 달에 수험부적 등의 지출로 1천만 원을 썼고, 빚을 갚는데 일억이니 6억 3천만 원이었다.

그리고 전세가 비교적 낮은 은평구의 아파트로 가족들을 이사시키느라 약 2억 정도 들었다.

예전에 벌었던 돈까지 합해서, 통장 잔고는 대략 5억이었다.

"25살은 진짜 정신없이 돌아갔네."

사업하느라 놀지도 못했고, 도중에 사이비 종교에 끌려가기도 했다.

여러 일을 겪다보니 벌써 나이가 이렇게 들었다.

"좋아. 그럼 체인점도 그럭저럭 안정이 잡혔고. 미루었던
일을 해 보실까."

*　　　*　　　*

지우는 오랜만에 윤소정을 불렀다.

"오랜만이에요. 잘 지내셨어요?"

"어제도 봤잖아요."

"흠흠."

윤소정은 웃기게도 직원도 아닌 주제에 구로디지털단지
에 위치한 본점의 로드 카페로 출근하듯이 나타난다.

그녀를 가르치는 님프가 점장으로 있기 때문에, 당연히
본점에서 하루를 보냈다.

그래서 님프를 볼 때나, 혹은 본점에 볼일이 있을 때 방
문하면 윤소정을 볼 수 있었다.

게다가 지우는 가끔씩 지칠 때면 그녀의 감미로운 목소
리에서 흘러나오는 천상의 노래를 듣고 귀를 정화하곤 했
다.

"그런데 무슨 일로 부르신 건가요?"

"아, 네. 다른 게 아니고. 슬슬 제가 UCC 광고 좀 찍으려

고요. 카페에서 너무 오랫동안 죽치고 있으셨죠? 슬슬 데뷔
시켜드릴게요."

"그게 정말인가요?"

윤소정이 반색했다.

"네. 정말이죠. 전 데뷔시켜주겠다고 꼬셨지만, 몇 년 동
안 기다리라는 말만 하는 놈이 아닙니다. 자, 광고나 찍죠.
준비는 이미 철저하게 되어 있습니다."

"제 꿈을 이루어주셔서 고마워요."

길었던 연습생 생활 때도 광고는 한 번도 찍은 적이 없었
다. 과거에 그녀는 후배들이 광고를 찍으러가는 모습을 보
고, 그게 한없이 부러웠다.

그런데 자신도 똑같이 광고를 찍게 됐다. 그 감동은 말로
헤아릴 수 없을 정도였다.

"좋아요. 갑시다. 소정 씨를 위해 최고의 준비를 해 두었
습니다. 여기서 앉아계세요. 바로 시작합니다."

광고 촬영 장소는 바로 로드 카페의 본점이었다.

이날을 위해서 하루 휴일을 낸 지우였다.

"엇, 설마 촬영 팀이 벌써 준비 중인가요. 자, 잠시만요.
일단 옷이나 화장도 재확인해야 하고……."

준비도 없이 광고를 찍는다니, 그건 광고에 대한 모독이

다.

그렇다고 윤소정의 현재 모습이 딱히 나쁜 건 아니었다. 연예인 지망생답게 평소에도 센스를 발휘하여 옷차림도 신경 쓰고, 화장도 수준급으로 했다.

특히 윤소정의 경우엔 연습생 생활에 매니저나 코디가 붙지 않았기 때문에, 자기 코디는 스스로 해야 했다.

"앗, 그리고 광고 컨셉이 무엇인지 가르쳐 주셔야죠. 대본도 필요해요."

"후우. 소정 씨."

지우는 제법 진지한 기색을 보이며 그녀의 이름을 불렀다. 그러곤 그녀에게 천천히 다가가더니, 시선을 피하지 않고 똑바로 마주 보며 분위기를 잡았다.

"왜, 왜 그러세요?"

윤소정이 조금 겁을 먹었다.

"제가 귀찮아서 그런 건 아니고, 소정 씨는 이대로도 충분히 예뻐요. 게다가 옷걸이가 워낙 좋으시니 그냥 대충 입어도 아름다워요. 이대로도 충분해요."

"무, 무슨……?"

장본인을 면전에 두고도 이런 낯간지러운 말을 하다니!

윤소정은 귀까지 빨개진 얼굴로 말을 더듬었다. 동공은

지진이라도 일어난 마냥 마구 흔들리고, 열이 머리끝까지 올라서 손대면 화상을 입을 정도로 보였다.

지우는 스스로 얼마나 터무니없는 발언을 했는지도 모른 채, 옅게 웃으면서 재차 물었다.

"그러니 그대로 진행해도 괜찮죠?"

"웃……아, 알았어요. 지우 씨가 그러신다면……."

윤소정이 부끄러운지 머리를 숙이곤 작은 목소리로 중얼거렸다.

"좋아요. 덕분에 귀찮……아니, 자연스러운 모습을 담을 수 있었네요. 그럼 잠시만 기다려 주세요."

지우는 카운터에 보관한 짐들을 뒤적거렸다. 그러곤 캠코더를 꺼내서 윤소정 앞에 섰다.

"……?"

윤소정의 설렘, 부끄러움, 기대로 가득 맺혔던 감정이 혼란으로 바뀌었다.

지우는 뻔뻔한 얼굴로 캠코더의 재생 버튼을 누르고 멍한 얼굴로 이쪽을 쳐다보고 있는 윤소정을 담았다.

"그럼 광고를 찍어볼까요."

"네? 잠깐, 그거 혹시 촬영 장비예요? 제작진은요?"

"하나, 둘, 셋. 액션!"

　　　　　*　　　*　　　*

　윤소정은 명색의 춤과 음악의 요정, 님프에게서 가르침을 받았다.

　가르침이라 하여도, 딱히 댄스나 노래를 배운 건 아니었다.

　님프의 말을 빌리면 윤소정에게 더 이상의 단련은 무의미하다고 했다.

　그래서 님프가 행한 것은 물질, 정신을 통합한 생명체의 기본적인 에너지. 또는 분위기라 불리는 고차원적인 힘인 '아우라'를 개방시키고 단계를 올리는 것이었다.

　알파에서 베타로 한 단계 성장한 윤소정은 가만히 있어도 톱스타의 분위기를 낼 수 있었다.

　특히 노래를 부를 때는 모든 사람들의 정신을 홀리게 만들었다.

　실제로 그 노래와 분위기가 충격적이어서 매일 로드 카페의 커피보다 그녀를 보기 위해서 찾아오는 사람도 있었다.

　즉, 영상으로 담아낼 때 특수효과나 재미있는 연출을 굳이 하지 않아도 윤소정이란 인간은 충분히 빛나고 매력적이었다.

지우는 이걸 이용했다.

원래는 광고 전문 회사에 부탁해서 만들까 했지만, 윤소정을 보고 굳이 그럴 필요가 있나 싶었다.

그래서 캠코더만 준비하고, 카페를 배경으로 로드 카페의 라벨이 새겨진 커피를 탁자 위에 올려두고 영상을 찍었다.

노래를 다 부르게 난 뒤에는 커피 한 잔을 마시면서, '제가 자주 마시는 커피예요. 로드 커피.' 라는 대사만 추가했다.

솔직히 광고 영상의 수준은 민망하다할 정도로 수준이 낮았다.

그냥 취미로 아무 의미 없이 찍은 것이 아니냐고 묻는 수준이었다.

하지만 '윤소정' 이라는 개인 덕분에 영상의 가치는 완전히 달라졌다.

당연한 이야기지만, 이 영상을 동영상 공유 사이트에 올린 뒤에 주목을 순식간에 끌었다.

세계적인 인기 정도는 아니었지만, 국내에서는 포털 사

이트 인기 검색어를 모두 차지할 정도였다.

"뭐야? 저 사람 대체 누구야?"

"몰라? 가희잖아. 예전부터 홍대 등 번화가에서 노래 부르는 사람. 제법 유명했어."

"예쁘다. 연예인 지망생인가?"

"요즘 웬만한 연예인들과 비교도 되지 않을 정도인데?"

네티즌들은 윤소정에 대한 폭발적인 관심을 보였다.

그리고 몇몇 네티즌들이 호기심에 알아본 결과, 윤소정이 원래는 유명 소속사의 연습생이었던 것이 알려졌다.

이 사실을 확인한 네티즌들을 각종 커뮤니티에 게시글을 올렸고, 인터넷에선 전 소속사가 좋은 인재를 이렇게 썩혀 두냐고 비난했다.

이에 전 소속사는 별다른 말을 하지 않았다. 괜한 구설수에 오르고 싶지 않아서다. 게다가 전 소속사는 윤소정이 어쩌다 운 좋게 뜬 것이라고 생각됐다.

그들에게도 윤소정의 동영상은 확실히 신선한 충격이었지만, 소속사 대표는 윤소정이 몇 년 동안 별다른 능력이 없다는 걸 확인했기에 그녀를 다시 데려올 생각조차 하지 않았다.

"메일도 수백 통은 왔구나."

동영상을 올렸을 때, 맨 끝에 메일 주소를 덧붙였었는데, 그가 한 가지 알아보고 싶은 것이 있어서 그렇다.

"역시나 죄다 노래를 어디서 들을 수 있냐고 묻네."

그는 얼마 전부터 새로 구상한 사업이 하나 있었다.

바로 윤소정을 통한, 음원 판매였다.

음악 같은 경우 한 번 대박이 터지면 음원으로도 제법 상당한 수익이 난다는 것을 알고 있었다.

그 외에도 예능 프로그램에 출연하면 한 회에 출연료도 상당하다고 들었다.

즉, 지우는 연예 기획사를 차릴 생각을 하고 있었다. 그래서 그는 광고를 하는 동시에 일종의 실험을 하나 했다.

윤소정이 부른 노래를, 사람들이 얼마나 원하는지를.

그리고 다행히 원하는 대로 반응이 나왔다.

인기 검색어에도 윤소정이 부른 노래의 제목이 나왔다.

'이걸 예상해서 일부러 자작 곡을 썼지.'

윤소정은 예상 외로 작곡에도 재능이 있는 편이었다. 물론 대단한 정도는 아니었고, 그냥저냥 인 수준이다.

어쨌든, 윤소정에게 부탁해서 광고로 쓸 것이다 보니 남의 노래가 아니라 창작곡을 써 달라했다.

"……할 만하다."

이튿날, 윤소정을 찾아가서 노래를 녹음해서 앨범으로 만들고, 그걸 파는 음원 사업을 할 생각은 없냐고 제안했다.

"제가 작곡하고 부른 노래를요?"

"네."

"그렇다면야 저야 좋지만……어떻게 팔 생각이세요? 계획한 것이 있다면 들을 수 있을까요?"

"정곡을 찌르시네요."

지우가 쓰게 웃었다.

그도 이번 사업 때문에 나름대로 조사는 했지만, 아무래도 업계 사람이 아닌지라 자세한 것은 몰랐다.

아는 사람 중에 연예계에 종사하는 사람은 없기 때문에, 지우는 윤소정에게 도움을 요청했다.

"저도 전 소속사에서 들은 거라 도움이 될지는 잘 모르겠네요. 그래도 모르시는 것보다는 나으니 설명해드릴게요."

"예."

"지우 씨 생각은 아마 이번에 제가 부른 곡을 디지털 싱글 음원으로 내실 것 같은데. 맞죠?"

"맞습니다."

"등록은 전혀 문제가 되지 않아요. 돈도 들지 않고, 그냥

저작권 등록만 하면 그만이죠. 대신 그다음이 문제예요."

디지털 음원 수익의 구조는 보통 이렇다.

일단 창작자가 온라인으로 녹음을 하고 음원 파일로 작업을 한다.

그리고 기획사나 소속사 등의 음원중계업체로 넘겨 음원 사이트로 유통시켜달라고 요청한다.

여기서 음원중계업체가 음원사이트로 건네주는 대신에 창작자에게서 판매 수익의 일정량을 받는다.

물론 음원사이트도 마찬가지고, 이런저런 유통 절차를 통해서 최종적으로는 소비자에게로 향한다.

하지만 이건 어디까지나 창작자가 기획사 등을 끼지 않는 경우다.

상식적으로 생각해서 창작사가 돈이 있는 것도 아니고, 제대로 된 녹음 시설 같은 것이 있을 리 없다.

그 밖에도 고음질의 음원이라거나, 여러 가지 문제가 있어 창작자 대부분은 기획사 등을 통해 맡긴다.

"다만 음원중계업체, 음원사이트가 유통비를 정말 과할 정도로 많이 가져가요. 그래서 대부분 기획사가 자체적으로 음원중계업체를 대신 맡아요."

"칼만 안 들었지 강도군요. 그것 참 좋은 자세……가, 아니고. 음……."

음원 사업을 포기할 생각은 없었다.

자고로 문화를 파는 건 돈이 된다.

거기에 윤소정을 보면서 그 가능성을 봤다. 그걸 놓치고
싶지 않았다. 비록 앱스토어의 상품을 사서 하는 사업은 아
니었지만, 그에 준하는 초월적 존재, 요정 님프가 있다.

'제작사도 골치 아파. 녹음실을 빌리고, 외주 형태로 한
다면 가능은 하겠지.'

다만 언제까지 외주로 할 수는 없다. 외주 업체의 경우에
도 일정이 있고, 사정에 따라 바뀔지도 모른다.

게다가 혹시라도 도중에 도망치거나 하는 등의 여러 가
지 일에 엮이면 골치 아파진다.

그러면 차라리 직접 제작사를 만들어서 마음 편히 있는
것이 좋았다.

'유통 중계업체도 마찬가지야. 소정 씨 말대로 차라리 내
가 기획사를 차려서, 유통업도 겸사겸사 하는 게 좋다. 하
지만…….'

문제는 지우 본인이 기획사를 운영할 능력이 부족했다.

돈은 문제가 되지 않는다. 수중에 이미 몇 억 있는데다
가, 부족할 경우 몇 개월만 기다리면 십억 이상은 금방 모

을 수 있었다.

하지만 돈만 있다고 경영까지 성공할 자신이 없었다.

카페와는 전혀 다르다.

전문 분야를 공부하지 않았다면 경영은 거의 불가능이나
마찬가지였다.

아니, 설사 공부했다고 해도 음원 판매의 절차는 너무 복
잡하고 힘들었다.

알다시피 지우는 그다지 유능한 인간이 아니다.

그걸 해낼 수 있는 능력이 부족했다. 경영이라고 해도 목
도리나 카페가 한계였다.

"어쩌지……."

"곤란하신 거라도 있어요?"

"그게……."

지우는 윤소정에게 솔직히 얘기하고 상담을 했다.

그는 혼자서 생각해서 좋은 생각이 나오지 않으면, 주변
의 사람들에게 의견을 물어보고 도움을 청한다.

스스로 멍청하고, 능력이 부족한 걸 알고 있기 때문이었
다. 능력이 부족한데 괜한 고집을 부리는 건 좋지 않다고
생각했다.

게다가 윤소정은 그의 입장에서 꽤나 믿을 수 있는 사람

에 속했다. 그녀를 처음 만나 본 이후에 여러 대화도 했고, 그 님프에게서 성실하고 좋은 인성을 가졌다는 말도 전해 들었다. 그렇기에 상담을 부탁했다.

게다가 일단 윤소정은 자신보다 연예계에 자세히 알고 있으니, 무언가 답이 나올지도 모른다.

"그런 사유가……그렇다면, 돈은 충분하다는 거죠?"

"그렇죠."

"아주 방법이 없는 것도 아닌데……한 번 들어보실래요? 물론 제 의견이니 무시해도 상관없으세요."

"괜찮습니다. 없는 것보단 낫죠."

지우가 윤소정을 재촉했다.

"대형 규모는 아니지만, 중형 규모의 기획사 한 곳이 최근에 투자자를 급히 찾고 있어요."

말을 듣자마자 지우가 눈살을 찌푸렸다.

"그렇다면 돈이 급하다는 건데……부도라도 났습니까? 미안하지만, 부도난 곳이라면 투자할 생각이 없습니다."

지우의 말에 윤소정이 고개를 절레절레 흔들었다.

"오해하지 마세요. 아직 부도는 나지 않았고, 게다가 능력이 부족해서 그런 것도 아니구요. 세이렌(Siren)이라는 엔터테인먼트인데, 거기엔 원래 대표가 공동으로 두 명 있었어요."

"있었다는 건……한 명이 돈 들고 야반도주라도 했나보군요."

"어머, 어떻게 아셨죠?"

말하기도 전에 지우가 선수를 치자 윤소정이 두 눈을 휘둥그레 뜨며 놀란 모습을 보였다.

"뻔하죠, 뭐. 그 정도는 충분히 예상할 수 있어요. 여하튼, 그다음은요?"

"은근히 머리가 좋으신 것 같네요……어쨌든, 거기에 소속된 가수, 개그맨, 배우의 출연료는 물론이고 사원들 월급도 운영난으로 몇 달째 지불하지 못하고 있어요. 그동안은 지금의 대표가 사비까지 써서 운영난을 어찌 대체했지만……."

"가망이 없어 보이니 나가려는 움직임이 보이겠네요. 부도 위기군요."

"네."

"흐응."

지우는 의자에 몸을 기대고, 스마트폰을 꺼내 세이렌 엔터테인먼트를 검색해서 대충 정보를 수집했다.

확실히 윤소정의 말대로 이에 대한 기사가 나있었고, 그 사정에 대해서도 제법 있었다.

소속된 연예인을 보면 그 숫자가 많지는 않았지만, 그럭저럭 조금 알려진 사람이 섞여 있었다.

설립한 지도 제법 된 것 같았고, 적어도 초짜는 아니다.

야반도주한 대표는 도박 중독으로 빚이 있었는데, 그래서 회사 돈을 가지고 외국으로 떠났다.

급히 수배를 했지만, 도주한 지 벌써 몇 달이나 지났으니, 아무래도 잡기에는 제법 힘들 것 같았다.

'아주 나쁜 조건은 아닌데.'

또 보아하니 세이렌은 신기하게도 투자자가 따로 없었다. 알아보니 세이렌은 원래의 공동 대표가 서로 집안의 재산 모두를 투자해서 설립했다고 한다.

즉, 그 둘이 대주주였다는 건데 한 명이 이렇게 뒤통수를 치고나갔다.

"호오, 세이렌은 주식 상장을 하지 않았네요. 그렇다면 공동 대표 모두가 이익을 모두 독식했을 텐데, 여기서 한 명이 도망쳤으니 지분은 100퍼센트 모두 현재의 대표에게 있겠고요."

"네, 그건 그렇지만……."

아무리 중형 규모의 이익을 모두 독식한다 하여도, 지금에 와서는 무의미했다.

회사가 망하게 생겼으니까.

게다가 어떻게 살아보려고 본인의 재산을 썼으니, 세이렌이 망한다면 정말로 아무것도 남지 못한다.

다행히 어음이라거나 잡힌 것이 없어 당장 부도는 나지 않았지만, 그렇다고 좋은 건 아니었다.

누군가가 지분을 구입해서 월급 등을 주지 않는다면 세이렌은 소속된 연예인과 사원들을 모두 잃게 된다.

그건 세이렌의 입장에서 최악이었다.

'아마 이 급한 상황을 피하기 위해서 똥줄 좀 타겠군.'

설립한 지도 제법 됐고, 그동안 적절한 매출을 내면서 살아남은 걸 보면 능력도 좋다.

'좋아. 한 번 걸어보자.'

제5장

세이렌, 추락하다가 비상하다

　세이렌 엔터테인먼트의 대표이사, 박영만은 초조한 듯 다리를 덜덜 떨어댔다. 게다가 연신 불안한지 CEO실 내부를 괜히 훑어보곤 했다.

　방 내부에는 각종 상이나, 혹은 나름 간판인 연예인의 포스터가 걸려 있었고 책상 옆에는 각종 서류가 즐비해 있다.

　똑똑.

　그러던 중 누군가가 노크했다. 그러자 박영만은 화들짝 놀라며 기다렸다는 듯이 얼른 방문을 열었다.

　"안녕하십니까, 제가 현재의 대표이사인 박영만입니다."

박영만은 상대를 보지도 않고 곧바로 손을 건넸다.

"만나서 반갑습니다."

방문객은 박영만이 급히 건넨 악수를 잡았다.

"자자, 이쪽으로 앉으시면 됩니다."

박영만이 방 내부에 소파로 안내했다. 방문객 두 명이 그의 안내에 따라 소파에 앉았다. 정중앙에는 고급 목재를 소재로 한 탁자가 자리 잡고 있었다.

"커피 한 잔 드시겠습니까?"

"아니요. 괜찮습니다."

"아, 예."

박영만은 곧바로 커피를 탈 예정이었는지라, 도중에 행동을 멈추고 뻘줌하게 웃었다. 그러곤 방문객들의 맞은편에 앉았다.

'젊다.'

방문객은 청년과 여인이었는데, 두 남녀 모두 이십 대 중반으로밖에 보이지 않았다.

그는 얼마 전, 십여 년 이상 함께해 왔던 파트너가 돈을 갖고 야반도주한 이후로 큰 위기에 봉착해 있었다.

소속 연예인과 사원들에게 벌써 몇 달째 돈을 지불하지 못했고, 결국 고심 끝에 지분의 반 정도를 팔기로 했다.

물론 아무리 그래도 경영권 중 절반을 넘기기엔 너무 헐값이라 생각됐지만, 방법이 없었다.

만약 급히 팔지 않는다면 회사는 망하고 만다. 어제만 해도 간판 연예인 한 명이 계약을 해지하고 다른 소속사로 이적했다.

"반갑습니다, 박영만 대표님. 아까 통화했던 정지우라고 합니다. 서울에서 로드 카페라는 걸 운영하고 있습니다."

청년, 지우의 소개에 박영만은 깜짝 놀랐다. 로드 카페라면 얼마 전, 가희로 한순간에 유명해진 윤소정이 광고한 카페다.

또한, 로드 카페는 그 전부터 완벽한 커피로 소문나 있었다. 로드 카페는 한창 상승세를 타며 카페 업계에 혜성처럼 등장한 다크호스였다.

외국 브랜드의 유명 카페도 속속히 무너뜨리고 있을 만큼의 유명한 카페였는데, 설마 그 카페의 주인이 이렇게까지 젊을 줄은 몰랐다.

"돌려서 말하는 건 좋아하지도 않고, 이쪽 사정을 알고 있으니 단도직입적으로 묻겠습니다. 얼마가 필요하십니까?"

지우가 주저하지 않고 당돌하게 쏘아붙였다.

갑을관계 중 을인 박영만이 조금 주눅 든 분위기로 어렵게 말을 꺼냈다.

"그게……현금으로 4억 정도가 필요합니다."

"4억?"

어리다고 결코 얕볼 수 없는, 철저한 갑에 위치한 투자자가 언짢은 기색을 보였다.

박용만은 그 모습이 염라대왕보다 무섭게 느껴졌다.

"잠시만요, 박영만 대표님. 들은 바에 의하면 지불하지 못한 금액은 약 3억이었는데. 왜 4억이죠?"

다행히 염라대왕은 움직이지 않았다. 그 옆에 앉아 까칠하고 사무적인 분위기를 풍기는 안경 쓴 미녀였다.

박영만은 지우의 눈치를 힐끗 봤다가, 그가 아무 말 없는 걸 보고 미녀의 질문에 답했다.

"그게……아실지 모르겠지만 저희 세이렌 엔터테인먼트는 운영비도 없는 상태입니다. 그래서 추가적으로 1억이 필요합니다."

"그건 아까 통화로 듣지 못한 내용인데요. 설마 잊어먹었다는 얼토당토않은 말을 하는 건 아니겠죠? 한두 푼도 아니고, 1억이나 되는 안건인데요."

미녀가 박영만을 사납게 쏘아붙였다. 이에 박영만은 눈동자를 이리저리 굴리며, 어떻게 답변해야 할지 고민했다.

하지만 상황은 박영만의 편이 아니었다.

"그만 일어나시죠, 지우 씨."

대답이 없자, 미녀가 기다리지 않고 일어났다. 지우도 아무 말 하지 않고 그녀를 따라 자리에서 일어났다.

그러자 박영만이 기겁하면서 두 사람을 말렸다.

"자, 잠시만 기다려 주십시오! 죄송합니다!"

박영만은 거의 울 것 같은 얼굴이었다.

"제가 그만 어리석은 실수를 했습니다. 사실 운영비도 필요하다고 하면, 투자를 안 하실 것 같아서 어떻게든 불러낸 뒤에 설득시키려 했습니다. 정말 죄송합니다!"

박영만은 허리를 구십 도로 숙이고 석고대죄했다.

"흥."

까칠한 미녀는 코웃음을 치더니, 다시 자리에 앉았다. 지우도 그녀를 따라 다시 앉았다.

"지우 씨는 지니고 있는 현금이 제법 많아서, 1억 정도는 추가적으로 투자하실 수 있습니다. 하지만, 대신 한 가지 조건이 들어갑니다."

박영만은 안절부절못하며 미녀의 말에 경청했다.

"앞으로 이 소속사에 네티즌들 사이에서 가희로 불리는 윤소정 씨를 계약시킬 거예요. 세이렌은 앞으로 윤소정 씨를 일순위로 해서 적극적으로 지원해 주셨으면 해요."

"그 가희를 말입니까!"

박영만의 얼굴에 화색이 돌았다.

그도 이 운영난 통에서도 윤소정이 등장한 UCC 동영상을 봤다. 연예기획사의 대표가 봐도 윤소정은 잘 세공된 다이아몬드였다.

그녀같이 스타성이 밝은 미래의 인재를 데려온다면 안 그래도 간판 연예인 한 명이 빠져나간 세이렌 입장에선 환영하는 바였다.

"그런 조건이야 얼마든지 받아들일 수 있습니다. 51퍼센트의 지분을 모두 매각하겠습니다."

"하하하, 그렇다고 너무 우울해하지 마십시오. 박영만 대표이사, 아니 CEO께 좋은 이야기도 있으니까."

"그게 무슨……?"

박영만이 눈을 휘둥그레 떴다.

지우는 옅게 웃으며 말을 이었다.

"제가 지분을 대부분 지니게 됐지만, 그렇다고 직접 경영할 생각은 없습니다. 그 야반도주한 개새……아니, 그놈만 아니었더라면 세이렌도 별 탈 없이 운영됐겠죠. 그만큼 박영만 씨의 경영 능력을 믿는 바입니다."

"혹시……!"

"네, 여전히 기획이나 운영 등은 박영만 씨께서 해 주십시오. 전 그게 더 낫다고 봅니다. 다만, 소정 씨나 수익 관련으로만 제대로 지켜주시면 됩니다. 그것만 지켜지면 박영만 씨의 경영

권에 왈가왈부할 일은 없습니다."

"오오오!"

박영만은 크게 기뻐했다.

그는 지분을 넘기면서 경영을 이제 어째야하나 걱정했다. 대주주가 연예계에 자세히 알 리도 없었고, 쥐뿔도 모르면서 경영에 토를 달게 되고 이상하게 만들면 세이렌이 다시 망할 수도 있었다.

헌데 대주주이자 대표 이사가 될 사람이 경영에는 터치를 잘 하지 않겠다고 선언했다. 그야말로 희소식이었다.

"감사합니다, 정말로 감사드립니다."

박영만은 이 일을 돈 때문에 시작한 것이 아니다.

그는 예전부터 연예계에서 성공하는 것이 꿈이었다.

나이가 너무 들어서 가수나 배우로 데뷔하기에는 늦었지만, 대신 자신이 프로듀서 한 후배들을 성공시켜 그 꿈을 이뤄주기를 원했다.

끝까지 세이렌을 파산시키지 않고, 무리해서 이어나간 이유가 바로 이것이었다.

"그럼 저흰 이미 가보겠습니다. 앞으로 잘 부탁드리겠습니다."

지우는 웃는 얼굴로 악수를 건넸다.

박영만은 얼른 악수를 건네받았다. 하지만 무언가 의문이 남았는지 눈동자를 힐끗힐끗 굴려댔다.

시선을 눈치챈 지우가 아아, 하고 의문을 풀어주기 위해서 말했다.

"옆에 이 여자 분은 제 비서가 아닙니다. 어차피 알게 되실 테니 말씀드리지만, 리즈 스멜트의 한도공 회장님의 손녀인 한소라 씨입니다."

"헉!"

박영만이 여태껏 보인 모습 중에서 제일 놀란 모습을 보였다. 그만큼 한소라의 정체가 충격적이었기 때문이었다.

지우가 로드 카페의 창업자라는 것보다 더 놀라웠다.

'어디서 많이 봤다 했더니, 한소라라면 차기 회장으로 알려진 한도정 부회장의 딸!'

어쩐지 아까부터 교섭하는 실력이 범상치 않다고 했다.

한소라 역시 아버지의 능력을 그대로 받아, 리즈 스멜트의 차기 권력자 중으로 손꼽히고 있었다.

설마 이런 거물을 보게 될 줄은 상상도 하지 못했다.

"저……정말로 실례되는 이야기지만 혹시 두 분의 관계가……?"

"오해하면 곤란합니다. 그냥 비즈니스 관계니까요. 그리고 당연한 이야기지만 이건 비밀로 해 주셨으면 합니다. 그녀는 호의로 절 도와주기 위해서 참석한 지라, 괜히 구설수에 오르면 너무 미안해서요."

"물론입니다. 무덤 끝까지 가져가도록 하겠습니다."

박영만은 진심이었다. 만약 알려졌다가 소란이 일어나면 농담이 아니고 자신은 대한민국을 떠나야할지 모른다.

"여러 가지 처리 때문에 바쁘실 테니, 소정 씨는 일주일 뒤에 출근시키도록 하겠습니다. 그럼 이만 가보겠습니다."

"예, 부디 조심히 들어가십시오!"

* * *

세이렌 엔터테이먼트 지하 주차장에서 잘빠진 외제차 한 대가 빠져나왔다.

외제차의 운전석에는 한소라가 앉아 있었고, 그 옆에 조수석에는 지우가 앉았다.

"휴우. 소라 씨 덕분에 무사히 끝났습니다. 고맙습니다."

"아뇨, 이 정도 일이야 별 거 아니에요."

한소라는 정말 괜찮은 기색을 보였다.

그녀가 지우와 함께 세이렌에 찾아온 경위는 이렇다.

얼마 전, 세이렌에 투자하기로 마음먹은 지우는 아무래도 혼자 박영만을 만나기가 껄끄러웠다.

별다른 이유는 아니고, 혼자 그를 만났다가 호구마냥 손해를 보면서 혹시라도 사기를 당할 것 같아서였다.

그래서 지우는 도울 사람을 찾다가, 이쪽 방면으로 비교적 경험이 많아 보이는 한소라에게 연락해서 함께 동행해 주면 안 되냐고 부탁했다.

사실은 한소라에게 딱히 부탁하고 싶지는 않았다.

자존심 따위가 아니라, 그녀와는 태생적으로 맞지 않는지 어색한 느낌에서 벗어날 수 없었기 때문이었다.

물론 한소라 역시 지우가 어색하긴 매한가지였다.

지우에겐 말하지 않았지만, 그녀는 아버지를 통해서 옆에 조수석에 앉은 남자가 한도공이 손녀사위 후보로 지지한다는 것을 들었다.

반대로 어색하고 불편해하지 않으면 이상했다.

"정말 대단했어요. 옆에 있던 제가 지릴 정도였어요."

"네? 지려요? 뭘 지려요?"

"아차, 실수. 그냥 못 들은 거로 하세요."

한소라를 동행시킨 건 올바른 판단이었다.

그녀 덕분에 완전히 갑의 정상을 찍을 수 있었다.

지우였다면 박영만의 페이스에 말려들어서 지분을 가져오기는커녕 곤혹을 쳤을지도 모른다.

한소라는 박영만의 약점을 쥐어 잡고, 그걸로 갖고 놀듯이 대했다. 이야기는 지우 쪽이 완벽히 우세였고, 거래는 성공적이었다.

게다가 그밖에도 한소라를 만난 뒤에 여러 가지 상담도 많이 해서 배운 것도 있었다. 앞으로 그녀에게 배울 점이 상당히 많아보였다.

"저, 그런데 지우 씨. 뭣 좀 물어볼게 있는데요."

"네, 뭐든지 물어보세요."

"그……윤소정 씨하고는 무슨 관계시죠?"

"어쩌다가 알게 됐다가, 미래성이 보여서 투자하기로 했어요. 왜 그러시죠?"

지우와 윤소정의 관계는 철저한 비즈니스 관계였다.

물론 젊은 남녀가 알고 지내면 뭔가 특별한 것도 있을 법했지만, 아직 삶에 여유가 없고 돈 버는데 바쁜 그는 연애 따위에 신경 쓸 시간이 없었다.

"아니요. 그냥 궁금해서요."

한소라는 떨떠름하게 웃어넘겼다.

'정말 말로 형용할 수 없는 묘한 기분이네.'

신경이 안 쓰인다고 하면 그건 거짓말이다.

딱히 연애 감정을 느끼고 있지는 않지만, 그래도 미래의 신랑이 될지도 모르는 사람이 여자, 그것도 예쁘고 노래도 잘 부르는 유명인과 알고 지낸다는 것은 신경이 쓰일 만했다.

게다가 한소라는 지우를 나쁘게 생각하고 있지 않았다. 반대로 호감이 살짝 있는 편에 속했다.

그녀가 만난 남자들은 항상 자기만 보면 기분 나쁜 눈으로 품평하듯이 쳐다봤다.

성욕 어린 것도 그랬지만, 대부분 남자들은 한소라를 보고 개인의 인격체라기보다는 리즈 스멜트의 구성원이라고 봤다. 그녀를 보고 상대하는 것이 아니라 뒤에 배경을 보고 상대해 왔다.

재벌계가 그렇게 돌아가고 있는 걸 머리는 나름대로 납득하고 있었지만, 감정적으로 좋아하지는 않았다.

게다가 한소라가 인생 동안 만나온 남자들은 재벌가의 자제들뿐이었는데, 대부분이 오만하고 남을 무시하는 경향을 보였다.

또 자기 부모님이 누구다, 집안에 재산이 얼마 있다 하는 등의 재수 없는 소리를 지껄이곤 했다.

자랑이 나쁘다는 건 아니다. 문제는 본연의 능력으로 이룬 것이 아니라, 부모가 해 놓은 것을 자기가 한 것처럼 자랑하는 것이 구역질났다.

그에 비해서 지우는 여러 방면으로 좋은 남자였다.

외모는 그렇다 쳐도, 일단 인성 자체가 훌륭한 편이다.

보통 남자라면 여자에게 무언가 부탁하기를 자존심 때문에 싫어하는 편인데, 지우는 신기하게도 스스로 능력이 부족하다고 공손히 도움을 요청했다.

그렇다고 능력이 아주 부족한 것도 아니었다.

다른 재벌가의 재수 없는 놈들과 다르게 아무것도 없는 상태에서 사업가가 되어 한 달에 몇 억씩이나 벌었다.

또한, 할아버님에게 들은 바에 의하면 정지우라는 인간은 가족을 행복하게 해 주고 싶어서 돈을 열심히 번다고 했다. 확실히 보통 사람과는 다르다.

게다가 사치도 부릴 만한데, 그러지도 않는다. 대부분 졸부 출신의 남자들은 도박을 하거나, 여자와 술에 미치곤 한다.

하지만 지우는 예전처럼 검소한 생활을 한다고 한다.

한소라에게 있어 그는 전혀 새로운 유형의 남자였다.

"……나쁘지 않을지도."

한소라가 아주 작은 목소리로 중얼거렸다.

"네?"

중얼거림을 잘 듣지 못한 지우가 물었다.

"아니에요. 그보다 이제 바빠지시겠네요."

한소라가 뺨을 살짝 붉히며 말을 돌려 얼버무렸다.

"그렇죠. 그래도 바빠져도 좋으니, 돈 좀 많이 벌었으면 좋겠어요. 전 속물이거든요. 흐흐흐."

지우가 음산하게 웃자, 한소라는 질린 표정을 지었다.

아무리 그래도 여자 앞에서 이렇게 행동하다니. 하지만 이상하게도 딱히 기분 나쁘지는 않았다. 그게 또 새로운 매력으로 다가왔다.

"그나저나, 차 한 번 좋네요. 이런 비싼 차 타 보는 게 꿈 중 하나였는데."

"자리 바꿔서 한 번 운전해 보실래요?"

"제의는 고맙지만, 제가 장롱면허라서……"

"조심해서 운전하시면 되죠."

"소라 씨."

"네?"

"목숨은 소중하게 여기셔야 해요."

"……"

제6장

한결같은 남자인 모양인데요?

　―다음소식입니다. 얼마 전 공동 대표의 도주로 인
하여 부도 위기였던 세이렌 엔터테인먼트가…….

　박영만은 돈이 들어오자마자, 곧바로 소속 연예인 전원
에게 밀린 출연료를 지불했다. 물론 월급이 밀린 사원들도
마찬가지였다. 그리고 다시 신뢰 관계를 회복하기 위해서
보너스까지 챙겨주었다.
　그리고 난 뒤에는 곧바로 기자 회견을 열어서 투자자가
나타나 부도 위기에 벗어났다고 발표했다.

방송사는 물론이고 각종 신문사는 이 발표에 많은 관심을 두었다.

주로 그 관심은 망해가던 세이렌을 살려낸 투자자에게로 향했다. 그리고 얼마 지나지 않아 그 투자자가 한창 유명해진 로드 카페의 창업자라는 것을 알 수 있었다.

지우는 앱스토어의 다른 고객이 신경 쓰여 되도록 언론에 노출되고 싶지 않았지만, 이 이상은 숨길 수 없는 걸 깨닫고 결국 포기하고 받아들였다.

대신 인터뷰 취재 요청은 모두 거절했다.

받아들이긴 해도, 언론에 비춰지는 건 웬만하면 하고 싶지 않았다. 게다가 공개한 건 이름뿐, 얼굴도 숨겼다.

신비주의를 고집해서 반대로 화제가 되면 어쩌나 하고 조금 걱정했지만, 다행히 괜한 걱정으로 끝났다.

대부분의 관심은 망한 위기까지 갔던 세이렌 엔터테인먼트가 앞으로 어떻게 다시 살아남을지, 그리고 거기에 신인으로 발표된 '가희' 윤소정 때문이었다.

"윤소정 씨는 저희 신인으로 데뷔하였습니다. 한 달 뒤에 음반을 발표할 예정이니, 많은 관심 부탁드립니다."

윤소정은 그야말로 준비된, 미래가 밝은 가수였다. 데뷔만 하면 문제가 없는 대형 신인이었다.

실제로 윤소정은 많은 러브콜을 받았다. 그것도 국내에서 이름만 들어도 알법한 쟁쟁한 기획사 혹은 소속사밖에 없었다.

그러나 윤소정은 연예인 지망생들이 하나같이 꿈꾸는 황금 같은 제의를 모두 거절하고 세이렌과 계약했다.

이에 사람들은 하나같이 궁금해 했고, 결국 세이렌에서 기자 회견을 열어 윤소정이 직접 발표했다.

"십 년 동안 백댄서로 지내다가, 데뷔하지 못하고 전 소속사를 나와 꿈을 접으려 했던 저를 도와주신 분이 이번에 세이렌의 대주주이신 정지우 대표 이사님이세요. 그 은혜를 버릴 정도로 전 배은망덕하지 않습니다."

윤소정의 발표에 사람들도 그제야 수긍이 갔다.

그 외에 '혹시 정지우 대표랑 연인 사이라서 그런 게 아닙니까?'라는 터무니없는 질문도 나왔지만, 지우는 이 터무니없는 질문에 '역시 기레기야! 남의 연애사에 관심이 많지!'라고 생각하며 전혀 관계가 없다고 발표했다.

윤소정 역시 연인 관계가 아니라고 직접 입을 열어 답했다.

"소정 씨, 이제 기자들 조심하시고 로드 카페에도 나오실 필요 없어요. 님프 씨의 조언이 정 필요하시다면 전화로 부탁드릴게요."

"네."

윤소정은 평생 따르기로 마음먹은 스승인 님프를 볼 기회가 없어지자 아쉬워했지만, 사정상 어쩔 수 없다는 걸 알고 수긍했다.

그리고 이후, 윤소정은 세이렌의 전폭적인 지원을 받았다.

지우가 제시한 조건대로 박영만은 윤소정을 일 순위로 하여 음반 제작에 앞섰다.

물론 굳이 지우의 약조가 아니라도 박영만은 윤소정을 앞세워서 활동했을 것이다.

아직 UCC동영상이 유명해진지 별로 안됐으니, 이 기회를 틈타서 얼른 음반을 내 수익을 벌 생각이었다.

덕분에 윤소정은 십 년 동안 소원했던 음반 제작 작업에 들어갈 수 있었다.

후배들이 들어가서 녹음하는 걸 지켜만 봤던 윤소정은 녹음실 안에 들어가자마자 감격하여 울 뻔했다고 한다.

여하튼, 작사 작곡은 어차피 그녀가 했었기에 연주에 맞춰 재녹음만 하면 되었기에 음반 제작의 시일은 별로 걸리지 않았고, 바로 음원을 공개했다.

그리고 정확히 한 달 뒤.

- 슈퍼 신인, 윤소정의 '꿈' 발표.
- 발표 공개 뒤, 한 달 만에 100만 다운로드 기록!
- 세이렌 엔터테인먼트의 간판 가수!
- 윤소정, 십 년 동안 백댄서 생활 심정 밝혀…….

그야말로 초대박을 쳤다.

윤소정의 신곡인 '꿈'은 각종 포털 사이트에서 화제가 됐다. 인기 검색어 순위에서 전혀 내려가지를 않았다.

또한 음원 사이트에서 일 순위를 모두 장식하고 몇 주 동안에 내려가지 않았다.

디지털 음원의 경우, 한 곡당 보통 600원이다.

정확한 숫자는 아니지만, 약 100만 다운로드를 달성한 것을 총 매출로 계산해 보니 6억 원이 나왔다.

하지만 어디까지나 매출이지, 순익은 아니었다.

일단 소비자에게 판매하는 유통업체인 음원사이트에서 대략 40퍼센트를 가져갔다. 그 가격이 무려 2억 4천만 원이다.

다행히 유통 중계 업체를 따로 쓰지 않았으니, 남은 순익은 모두 세이렌으로 돌아왔다. 그러나 여기에서 창작자에게 또 배분을 해야 했다.

세이렌은 여타 기획사나 소속사처럼, 남은 60퍼센트 중에서 40퍼센트의 이익을 가졌다. 그리고 남은 20퍼센트를 작사, 작곡가. 그리고 가수에게 배분했다.

100만 다운로드 히트를 친 '꿈'의 경우, 윤소정이 작사와 작곡을 했기에 20퍼센트는 모두 그녀에게로 돌아갔다.

계산해 보니 금액은 1억 2천만 원 상당이었다.

최종적으로 회사로 돌아온 이익은 2억 4천.

망하기 전의 세이렌도 이 정도의 매출이 나온 것은 실로 오랜만이었다. 몇 년에 한 번 정도밖에 없었던 일이다.

아니, 그보다 고작 한 달 만에 100만 다운로드를 낸 것은 세이렌도 처음 있는 일이었다.

애초에 신인으로 이런 숫자는 불가능이나 다름없었다. 웬만한 유명 가수들도 한국에서 이런 숫자를 내는 것은 보기 힘들었다. 앞으로 더욱 화제가 되어 누계 숫자는 계속 오를 터, 그렇다면 돈도 정기적으로 들어올 것이다.

그날, 윤소정은 자신이 만들고 부른 노래가 이렇게까지 대박을 칠 줄은 몰랐기에 소식을 듣자마자 집에 돌아가서 가족들과 함께 펑펑 울었다고 한다.

여하튼, 덕분에 윤소정의 주가는 정점을 찍었다.

케이블 방송도 아니고, 정규 방송에서 온갖 방송 출연 문의가 쇄도했다. 대부분 한국에서 십 년 넘게 장수한 예능 프로그램도 껴있었다.

이에 세이렌은 윤소정과 함께 몇 가지 프로그램을 골라서 출연 의사를 밝혔는데, 그중에는 토요일 저녁. 황금 시간대에 방영하는 토크쇼도 껴있었다.

　　─오늘의 특별 게스트는 요즘 연예계에 핫한 슈퍼
　신인, '꿈'을 부른 '가희' 윤소정 씨입니다!
　　─와아아아!

구로 디지털 단지.

로드 카페의 본점, 직원 휴게실에서 벽걸이형 텔레비전에서는 정규 채널에서 한창 인기 토크쇼를 진행 중이고 있었다. 화면에는 윤소정이 특유의 아우라로 인한 눈부신 존재감을 자랑하고 있었다.

"흐응."

방청객의 웃음소리, 야유 소리, 박수갈채 소리 등의 효과음. 그리고 상황에 알맞게 올라가는 자막을 보면서 지우는 의자의 등받이에 몸을 기대곤 흐뭇해했다.

"드디어 꿈을 이루셨구나."

참고로 세이렌의 운영은 대부분 박영만에 맡기고 있었지만, 윤소정의 경우에는 지우도 참여하고 있었다.

방송 참여나, 코디네이터나 매니저 등도 박영만과 상의해서 자신이 정했다.

'내가 시작했으니, 적어도 끝은 봐야겠지. 일단 그녀를 스타로 만들어 주겠다고 내가 약속했으니까.'

로드 카페를 창업하고 얼마 지나지 않았을 때, 근처에서 울고 있는 그녀의 손을 잡으면서 생각했다.

"흐뭇하구나, 흐뭇해. 소정 씨는 굳이 사고만 치지 않으시면 이대로 스타가 되실 거고, 벌어다주는 돈도 많겠지."

로드 카페에서 윤소정이 지내는 모습을 제법 봤다.

아주 크게 불만이 있는 것은 아니었지만, 그녀는 항상 데뷔하기를 원했다. 그 꿈에 대한 열망이 얼마나 컸는지 지우도 잘 알고 있었다.

그런 그녀가 이렇게 무사하게 데뷔하여, 한순간에 유명해지고 잘 된 것을 보니 마음이 풍족해졌다.

"돈도 풍족해져서 아주 좋고."

참고로 비율도 윤소정 반, 돈 반이다.

일단 물질적인 행복도 있어야 하지 않겠는가?

"낄낄."

토크쇼를 몇 분 정도 보던 그는 악당처럼 웃어대곤 자리에서 일어났다. 그는 원래 뉴스를 제외하곤 예능 프로그램 등 방송을 잘 챙겨보는 편이 아니었다.

속으로 윤소정을 행복을 빌면서 지우는 휴게실 문을 열고 나갔다.

*　　　*　　　*

"좋아. 당분간 세이렌 수익은 모조리 회사의 운영 자금으로 돌린다."

세이렌 엔터테인먼트는 사람으로 치자면 이제 겨우 인공호흡기를 떼고 말할 수 있는 수준이다.

호흡기 신세를 면하긴 했지만, 그렇다고 완전히 회생한 건 아니다.

그래서 당분간은 이익이 나오지 않는다 해도, 미래를 위해서라도 운영 자금으로 돌리기로 했다.

CEO, 박영만도 그 의견을 따르기로 했다.

딱히 의도한 것은 아니었지만, 박영만도 당장 손에 들어오는 돈보다는 미래를 위해서 투자하는 것이 낫다고 긍정했다. 그래서 최소한의 생활비를 제외하곤 지우와 함께 이익을 당분간은 회사 자금으로 쓰기로 했다.

"정말 열정적인 사람이야. 이런 사람 덕분에 내가 편히 살지."

박영만에게 경영권을 빼앗지 않고, 그의 의견을 최대한 존중해 주는 선택은 옳았다.

십 년 이상 연예계에 종사한 경험자답게, 제법 높은 능력을 발휘해서 세이렌 운영을 무사히 해내갔다.

이번 윤소정의 경우만 해도 기회를 놓치지 않고 뮤직 비디오 제작, 정규 앨범 제작, 예능 프로그램 출연 등 마법을 부리듯이 프로듀서로서 뛰어난 재능을 발휘했다.

특히 대단한 것은 신인이나 마찬가지였던 윤소정이 출연하는데 조건까지 내세운 것이다. 주로 세이렌에 소속된 연예인을 끼워서 인기 프로그램은 아니지만, 그럭저럭 잘 나가는 편인 프로그램에 넣어달라고 요청하여 교섭했다.

방송사 입장에선 원하는 것은 윤소정이었지만, 그녀의 인기가 워낙 대단해서 별수 없이 박영만의 교섭에 응할 수밖에 없었다.

그리고 일명 '윤소정' 효과는 여기서 끝나지 않았다.

그녀를 보고 반한 몇몇 연예인 지망생들이 세이렌에 방문을 두들겨 지원도 했다.

"세이렌은 당분간 지켜보면 될 테고, 로드 카페도 이젠 굳이 손을 대지 않을 정도로 잘 되고 있어."

로드 카페는 이젠 정말로 손을 댈 곳이 하나도 없었다.

직원은 모두 강력한 계약 상태로 맺어진 요정들이고, 커뮤니케이션 능력이 조금 장애가 되는 것을 제외하곤 업무적으로는 정말 완벽했다.

그 수준이 얼마나 대단했냐면, 지우가 사람은 완벽하지 않지만, 요정은 완벽한 모양이다. 라고 생각할 정도였다.

"와, 나 정말 부자구나. 저번 달에 4억을 써서 1억밖에 없었는데, 로드 카페 순익이 들어와서 4억 7천만 원이 채워졌어."

가만히 뒤도 알아서 잘 굴러간다. 사업자 입장에서 이것보다 좋은 것은 없었다.

하위 직원들에게 무시 받아도 상관없다. 가만히 있는데 고생해서 돈을 가져온다면, 욕을 하건 말건 신경 쓸 필요가 없었다. 이래서 악덕 업주 되나 싶었다.

"세이렌도, 로드 카페도 별 문제 없으니 슬슬 다른 사업을 시작할 때가 된 것 같은데……."

자고로 인간에게 욕심이란 끝이 없다고 한다.

남들이 들으면 '그만큼 버는데 돈을 더 벌고 싶다고?' 라며 질린 기색으로 말했겠지만, 지우는 이대로 끝낼 생각이 없었다.

몇 번이나 말했다시피 그의 꿈은 리즈 스멜트 이상, 혹은 그에 준하는 재벌이었다.

"별로 좋은 게 생각나지 않네. 앱스토어에서 아이디어가 떠오르는 상품을 팔면 좋았을 텐데."

혹시 해서 찾아봤지만, 아쉽게도 그런 건 없었다.

그래서 그는 얼마 전에 이사한 오피스텔에서 컴퓨터를 앞에 두고 앉아 마우스 커서를 열심히 움직였다.

쌈박한 생각이 나지 않을 때는 이렇게 딴 짓을 하면서 여러 가지 정보를 습득하는 편이 좋았다.

가끔마다 대단한 정도는 아니었지만, 나름 괜찮은 아이디어가 떠오르긴 했다.

그렇게 약 두 시간은 웹 쇼핑하다가, 그는 우연찮게 외국의 유명 창업자의 강연 문구를 보게 됐다.

　　-창업을 성공하려면 경쟁하지 않고, 독점적 강점을 지닌
　　업종을 선택해라.

"음, 맞는 말이야. 나도 어찌 보면 나름 독점이니까."

남이 상상조차도 할 수 없는 업종, 바로 앱스토어다.

물론 그렇다고 아주 독점하고 있는 건 아니었다.

세계에 얼마나 있을 줄은 모르지만, 앱스토어의 고객은 분명히 있다. 예전에 사이비 교주였고, 지금은 감옥 철창신세를 보내고 있는 백고천을 만난 순간 그 추측은 확신이 되었다.

웅. 웅웅웅.

"응?"

어떤 창업자가 한 말을 골똘히 생각하던 중, 그 상념을 깨우는 진동이 울렸다. 지진의 근원지를 찾아보니 책상 위에 올려 둔 스마트폰이었다.

"여보세요?"

―야, 정지우! 넌 뭘 그렇게 열심히 하는데 연락 하나 없냐?

전화를 받자마자 상대편이 앙칼지게 곤두선 목소리로 따지듯이 물었다.

"아, 미안. 수진아."

바로 거의 유일하다 싶은 이성 친구, 김수진이었다.

최근에 여러 사람과 여자관계를 맺긴 했지만, 친분이라기보다는 비즈니스 관계일 뿐이었다.

솔직히 굳이 이성이 아니더라도, 마음 놓고 말 편히 대화할 수 있는 사람은 김수진이 유일했다.

'근데 보름 전에도 메시지 주고받고 그랬는데. 기분이 안 좋은 걸 보면 그날인가?'

입에 담지 않아서 정말 다행이었다. 이걸 입에 담는 순간에 단 한순간에 쓰레기로 전락할 수 있다.

―미안한 건 아는구나?

'삐졌다. 그렇군. 저번에 고기 사준 걸로 삐진 것이 틀림없다. 역시 남녀 사이에 돈은 큰 문제로군.'

머리가 돈과 비즈니스 관계로만 가득했다.

이정도면 중증이다.

'후. 별수 없지. 어차피 수진이 덕분에 갓도리 사업도 떠올렸고, 나 돈 없을 때 많이 사줬으니까 빚도 진 게 많아. 거하게 대접해 줘야겠다.'

어차피 지금은 남는 게 시간이다.

이럴 때 가족이라도 보러 갈까 했지만, 벌써 11월이다. 수능이 보름 정도 밖에 남지 않았으니 폐를 끼치러 갈 수는 없다.

아마 마음씨가 착한 지하는 설사 수능 전날이라고 해도, 오빠의 방문을 환영하고 나올 터. 그렇게까지 폐를 끼치고 싶지 않았다.

"미안미안, 내가 사과의 뜻으로 밥 사 줄게. 나 돈 많아."

―호오, 웬일이야? 천하의 정지우가 밥을 사준다니. 게다가 네 입에서 돈이 많다고 나올 줄은 몰랐어.

김수진은 비꼬는 게 아니고 정말 놀랐다.

학생 생활 때부터 지우는 돈이 없다는 말을 입에만 달고 살았기 때문이었다.

"후후후. 예전의 가난뱅이 기생충 정지우가 아니야. 나 정말로 생활수준이 좀 나아졌으니까, 먹고 싶은 거 있으면 말해."

―정말? 그럼 내가 괜찮은 양고기 스테이크집 알고 있어. 물론 일 인분에 팔만…….

"여보세요? 어, 뭐라고? 치지지직! 찌직! 잘 안들……치지직! 왜 이러지?"

―여보세요?

"엇, 나 배터리도 다 떨어졌네. 미안, 급하게 말할게. 내일 점심 1시까지 홍대 입구에서 보자."

　　　　　*　　*　　*

　오후 한 시대의 홍대는 숨 쉴 틈이 없다고 할 정도로 사람들로 북적였다.

　지우는 개미 떼처럼 우글거리는 사람들 사이를 겨우겨우 지나가, 약속된 장소에 도착했다.

　"늦어."

　약속 장소에는 김수진이 불만스러운 얼굴로 입을 삐쭉 내밀고 있었다. 눈초리는 표독스럽게 치켜 올라가 있었다.

　"미안, 내가 많이 늦었지?"

　지우가 헤헤 하고 어색하게 웃으면서 얼른 사과했다.

　"뭐 하느라 늦은 거야?"

　"그게, 집에서 나오는데 갑자기 똥이 마렵……."

　"닥쳐! 더 이상 말하면 죽여 버린다!"

　김수진이 기겁하면서 소리를 빽 질렀다.

　덕분에 주변에 지나가던 사람들의 시선을 집중시켰다. 시선을 느낀 김수진은 부끄러워서 그런지 얼굴을 확 붉히면서 앞으로 성큼성큼 걸어갔다.

　"잠깐, 먼저 가면 어떻게 해. 어디로 갈지는 알고 있어?"

"끙."

자신 있게 걸어가던 김수진은 발걸음을 멈추었다. 그러곤 몸을 획, 하고 돌려 지우를 비난했다.

"세상에, 여자와의 약속에서 늦은 이유를 그렇게 말하는 사람은 너뿐일 거야."

"그렇지만 거짓말은 나쁘잖아."

"있잖아……세상에는 선의의 거짓말이라는 것이 있어. 그런 최소한의 노력도 하지 않으니까 여자 친구가 생기지 않는 거야."

"그럼 너는 남자 친구 있나?"

"친구야, 못 만드는 것과 안 만드는 것은 다른 거야."

"그건 그러네. 좋아, 앞으로 참고할게."

"에휴……넌 정말 여전하구나."

김수진은 그런 지우를 한심하게 보면서도 왠지 모르게 기분이 좋은 듯 미소를 지었다.

'그런 점이 좋지만. 후후.'

김수진에게 있어 정지우라는 인간은 그런 친구다.

솔직하게 털어 낼 수 있고, 가식으로 연결된 인간관계가 아니라 어떤 말이든지 편하게 대화를 이어나갈 수 있는 남자. 김수진은 그런 지우가 좋았다.

"그런데, 뭐 먹으러 갈 거야?"

"윕스(weeps)."

"윕스? 그래도 제법 돈 좀 쓰네."

김수진은 호오, 하고 작게 감탄했다.

윕스라면 외국 계열 패밀리 레스토랑이다. 그것도 제법 유명한 레스토랑인지라, 가격도 제법 나가는 편이었다.

김수진이 원래 가려고 했던 양고기 스테이크 가게보다는 덜 나가긴 했지만, 그래도 일인당 4만 원에서 5만 원정도는 나갔다.

'사실은 더 비싼 곳도 갈 수 있지만. 무분별하게 사치를 부리는 것보다 이렇게 아끼는 편이 좋지. 여자 친구라면 모를까.'

물론 그렇다 해도 어디까지나 일반 사람들 기준으로 가격이 제법 나가는 것뿐, 지우 본인에게는 통용될 정도로 값비싼 정도는 아니었다.

애초에 연봉이 몇 십억이나 되는 남자였으니까.

홍대의 패밀리 레스토랑, 윕스.

두 사람은 각각 샐러드 바와, 그리고 레어로 구운 소고기 스테이크를 하나 주문했다.

"······점심인데 그렇게까지 많이 먹어?"

지우의 앞에는 무려 네 접시가 준비되어 있었다. 갓 구운 빵, 알록달록 색깔로 조합된 각종 과일, 토마토소스를 곁들인 스파게티, 전 세계적으로 사랑받는 치킨 등 아무리 남자라 해도 이정도의 양이 들어가나 의심될 정도였다.

"원래 이런 곳에 오면 닥치는 대로 가져와야지. 맛없으면 그냥 남기는 사치! 평소에는 할 수 없으니까. 해 보고 싶다는 생각 들지 않아?"

"아니, 전혀. 정말로. 부끄러우니까 그러지 말아줄래? 사람들이 지나갈 때마다 우릴 쳐다보고 가니까."

"후후후. 그러든지 말든지. 돈 앞에서 남의 시선 신경 쓸 필요 없으리라!"

지우는 포크를 쥐고 씩 웃더니, 식탁에 놓인 음식을 입 안으로 넣기 시작했다.

김수진은 게걸스러울 정도로 음식을 추하게 먹어치우기 시작한 지우를 멍하니 보다가, 이내 피식하고 웃음을 흘리며 식사를 시작했다.

"보기 좋네. 넌 먹는 모습이 제일 보기 좋더라."

"우물우물······꿀꺽. 왜?"

토마토소스를 입에 묻힌 채로 지우가 물었다.

"왜 일 것 같아?"

김수진이 눈을 초승달처럼 휘고, 짓궂은 질문을 던졌다.

"입 다물고 있어서?"

"응, 정답."

"나도 그렇게 생각해."

화날 만한 대화가 오가긴 했지만, 지우는 김수진과 옛날부터 평소 이런저런 대화를 많이 나누었는지라 별로 신경 쓰지 않았다.

이후, 두 남녀는 시답잖은 수다를 떨면서 식사를 끝냈다. 메인 요리로 주문한 스테이크는 말끔히 비웠고, 지우는 사치를 부리는 기분으로 음식 몇몇을 남겼다.

그래도 먹는 것 남기기 싫었는지, 배가 부를 때까지 입 안에 꾸역꾸역 최대한 처넣었다.

김수진은 그 모습을 보면서 꺄르르 웃어 댔다. 처음엔 그런 그가 부끄러웠지만, 나중에 가니 그 모습이 꽤 재미있어서 즐거운 식사 시간을 보냈다.

밥을 다 먹은 뒤에는 영화를 봤다.

"밥은 네가 사줬으니까 영화는 내가 살게."

"당연하지. 팝콘은?"

"알아. 넌 캐러멜 맛이었지?"

영화는 현재 상영 중인 것 중에서 그냥저냥 인기인 걸 골랐다.

다만 하필이면 로맨스 영화였다.

지우는 영화를 가끔마다 챙겨보는 사람이었지만, 애석하게도 로맨스 장르의 영화만큼은 잘 보지 못했다.

처음엔 그래도 같이 온 사람이 있으니, 팝콘과 콜라로 배를 채워가면서 최대한 참으려 했다.

"······옛."

한편, 김수진은 굉장히 당혹스러워하고 있었다.

'저, 정지우! 대체 뭐하고 있는 거야······?'

김수진은 잘 익은 사과마냥 달아오른 얼굴로 주먹을 꽉 쥐었다.

분명 영화를 조용히 관람해야 할 지우가 어깨를 기대고 있다! 어쩐지 남녀의 역할이 바뀐 것 같았지만 그건 아무래도 상관없다.

중요한 건 단 한 번도 남녀와의 감정을 보여 주지 않았던 친구가 스스로 먼저 다가와서 그렇다.

'뭐, 뭐야. 얘가 갑자기 왜 이러지?'

지우의 갑작스러운 행동에 김수진은 정신을 차리지 못했다. 불과 몇 분 전까지만 해도 즐겁게 상영하고 있던 영화의 내용이 머릿속으로 들어오지 않았다.

'팔까지 닿았어…….'

차마 지우의 얼굴을 볼 수 없었던 김수진은 의자 사이에 있는 팔걸이에 올라온 그의 팔을 보고 두근거렸다.

신체와 신체가. 피부와 피부가 닿고 있다.

'손을 잡으려 해……?'

콩닥콩닥.

가슴이 성난 소 마냥 마구 날뛰기 시작한다. 주체할 수 없을 정도로 제멋대로 뛰고 있었다.

마음을 차갑게 가라앉히려고 노력은 했지만, 그게 마음대로 되는 게 아니었다.

시선 끝은 팔걸이에 올라온 손가락 끝을 향하고 있었다. 반씩 걸친 두 사람의 팔. 그리고 새끼손가락이 애매하게 얽혀서 당장 손이라도 잡을 것 같다.

—제니퍼, 당신을 사랑해. 난 널 찾아서 먹을 거야.

—오우, 맙소사. 잭! 오 마이 갓!

첩첩산중으로 배드신으로 진행되는 영화!

제법 야하다고는 했지만 설마 이렇게까지 야할 줄은 몰랐다. 남녀 둘이 침대 위에 얽혀서 신음을 토해 냈다.

그리고 설상가상으로, 몸을 살짝 기대고 있던 지우가 더

더욱 가까이 다가오는 게 느껴졌다. 그가 뺨 언저리까지 접근해오는 걸 느낀 김수진은 이미 터지기 직전 폭탄과 같은 모습이었다.

'안 돼! 앤 대체 무슨 생각이야? 이런 곳에서 그런저런 짓을⋯⋯!'

이대로 두었다간 정말 큰일 난다.

이렇게 사람들이 많은 곳에서 청소년 관람 불가 행위는 좋지 않았다. 어쩌면 문란 죄로 잡혀가지도 모른다.

그런 생각이 든 김수진은 더 이상 눈을 피하지 않고, 고개만을 살짝 돌려 지우를 확 돌아보면서 작은 목소리로 속삭이려했다.

"지우야, 이제 그만⋯⋯으, 으응?"

김수진은 허탈함 반, 황당함 반섞인 목소리로 더듬었다.

영화관 분위기를 틈타 허튼짓(?)을 하려던 지우가 코를 살짝 골면서까지 자고 있었던 것이다.

'⋯⋯풋. 뭐야. 나 무슨 망상을 하고 있었지? 그래, 지우는 이렇게 적극적인 애가 아니었지.'

김수진은 쿡쿡 하고, 영화를 관람하는 손님들에게 피해가 가지 않을 정도로 소리죽여 웃었다.

그녀는 크게 안도한 눈으로 곤히 잠이 든 지우를 가만히

쳐다보다가, 그의 머리를 움직여 잠자기 편하도록 어깨에
잘 기대주었다.

'정말. 변한 게 하나도 없다니까. 사람이 어떻게 이렇게
한결같을까.'

어느새 영화보다는, 침까지 질질 흘리며 곤히 잠든 지우
를 보면서 쿡쿡 웃는 김수진이었다.

제7장

불길한 그림자가 다가오고

약 일주일 전.

경상남도, 지리산.

백왕교(白王敎)

21세기에 들어서, 종교계뿐만 아니라 국내를 떠들썩하게 했던 신흥 사이비 종교다.

창교(創敎)된 지는 그 일수가 많지는 않았지만, 정치계 및 대기업의 상류층 깊이까지 침투하여 수많은 교도를 모았던 종교였는지라 결코 무시할 수 없었다.

아직까지도 백왕교의 잔재가 남아 있으며, 신도들이 교주 백고천의 석방을 위해서 시위까지 벌이고 있었다.

하지만 이래도 저래도 백왕교는 권력이 교주에게로 집중됐었기 때문에, 백고천이 체포된 이후로는 어떠한 활동도 하고 있지 않았다.

간간히 성지(聖地)를 탈환하겠다며 신도들이 지리산에 위치한 백왕교에 방문하고 있었지만 폴리스 라인(police line:노란색으로 되어 있는 경찰 저지선)에 가로막혀 진입하지 못했다.

사건이 거의 해결되긴 했지만, 대한민국 정부는 혹여나 일제강점기 때 존재한 사이비 종교, 백백교와 관여된 건 아닌지—아니면 혹여나 그와 견주는 사태를 초래할지 몰라서 아직까지도 사건을 종결하지 못하고 조사하고 있었다.

아무래도 고위 관료나, 혹은 이름만 들어도 알 법한 대기업의 간부 등이 섞여 있어서 그런 것도 있지만, 일단 신도들 모두가 한 명도 빠짐없이 백왕교를 찬양하다시피 하고 있다는 점이 마음에 걸렸다.

꼭 정말로 마법이라도 부린 듯, 사람이 어떻게 한 명도 빠짐없이 백왕교를 찬양할 수 있겠는가? 혹여나 뇌물이라던가 그런 것이 얽혀 있는지 의심스러웠다.

"없어. 없어. 없어없어없어없어!"

지리산 중턱, 출입이 엄중하게 제한되어 아직까지도 경찰 등이 자리를 지키고 있는 백왕교 총본산.

사람의 손길이 오랫동안 거치지 않아, 먼지밖에 없는 백왕교 내부를 한 여자가 뒤적거리고 있었다.

"경찰 쪽에서 압류한 백고천의 재산에는 발견되지 않았으니까, 숨길 곳은 여기밖에 없는데. 그런데 왜 없는 거지?"

여자는 이해하가 안 가는 얼굴로 연신 중얼거렸다.

"그것만 있으면 나도 백고천처럼 돈을 벌 수 있어. 게다가 백왕교의 신도는 아직 건재하니, 그것만 있으면 흡수도 할 수 있을 텐데. 아니, 그 정도가 아니야. 어쩌면 세계의 제약 회사를 모두 지배할 수 있을지도 몰라!"

여자는 신경질을 내며 소래를 빽빽 질렀다. 다만, 이상한 것이 여자의 목소리라기보다는 돼지의 것에 가까웠다.

"……할 수 없지. 돈을 쓰기는 싫었지만."

여자는 이를 뿌드득 갈면서 손을 움직여, 주머니 안에 넣어 둔 스마트폰을 꺼냈다.

그러곤 액정에 눈을 고정하고, 액정을 슥슥 눌러 무언가를 찾는 듯한 모습을 보였다.

"비싸, 비싸고, 비싸……좋아. 이건 가격 대비로 괜찮은 성능이네. 구입. 긴급 운송으로."

덜커덕!

액정을 누르자마자 방 바깥, 복도에서 소리가 났다.

그러나 여자는 갑작스러운 소란에 놀라지 않고, 예상했다는 듯이 문 바깥으로 나갔다. 복도에는 주변 풍경과 어울리지 않는 깨끗한 택배 상자가 자리에 있었다.

그녀는 상자를 열어 안에 든 물건을 꺼냈다.

물건은 고대 상형 문자와 더불어 기하학적인 도형이 복잡하게 얽혀 있는 빛바랜 파피루스(papyros)였다.

여자는 파피루스를 쫙 폈다가, 눈살을 찌푸렸다.

"이거 한 장에 삼천만 원이라니……일회용이지만 역시 시간 관련 상품은 터무니없이 비싸."

불만 가득한 목소리로 중얼거리던 그녀는 이윽고 '부욱' 소리를 내면서 파피루스를 힘껏 찢었다.

파앗!

파피루스를 찢자마자 섬광탄을 터뜨린 듯, 눈부신 빛이 뿜어져 나와 주변을 집어삼켰다. 빛은 천장, 바닥, 벽 할 것 없이 일정한 구역 모두를 감싸 안았다.

그리고 괴상한 고대 문자들이 빛 속에서 튀어나와 신기하게도 벽이나 바닥 등에 들러붙어서 춤추듯이 움직였다.

"과거 재생(past playback)."

영화를 본 두 남녀는 오락실에 가거나 아이 쇼핑을 하는 등, 다양한 오락 거리를 즐겼다.

만났을 때는 점심이었지만, 밥을 먹고 영화를 보고 기타 등등을 하다 보니 벌써 저녁 시간대가 됐다.

보는 사람이 다 상쾌해질 정도로 맑은 하늘은 노을빛에 의하며 붉게 물들어 갔다.

"원래 영화를 본 이후에는 영화 얘기로 꽃을 피우는 게 좋은데. 네가 자서 그런 대화를 못했잖아. 어떻게 그 점은 변하지 않니?"

두 남녀는 어차피 오늘은 약속이 몇 없었기 때문에, 저녁도 함께 했다. 저녁밥은 이미 다 먹었고, 수다도 떨 겸 근처 카페에 왔다.

'음, 내 커피에 비해서 쓰레기군.'

사업자로서 경쟁사에 어떻게든 비난할 점이 없나 정신없이 조사하던 그는 김수진의 말에 멋쩍게 웃었다.

"것 참 미안하다 그러네. 그런데 알고 있으면서 왜 로맨스 영화를 보자고 한 거야?"

"네게 조금이라도 연애 감각을 살려주려고 해서 그랬다."

"응? 왜?"

지우의 물음에 김수진은 어이없는 표정을 지었다가, 여러 의미가 담긴 한숨을 푹 내쉬었다. 그러곤 얼굴을 살짝 붉히면서 그녀답지 않게 쑥스러워 하는 어조로 중얼거리듯이 답했다.

"……그냥 친구로서 걱정돼서 그렇지, 멍청아."

김수진은 상당히 불만 가득한 표정을 지었다.

"그, 그보다 이런 주제는 그만 넘어가자. 너, 그동안 뭐하고 지냈어? 근황도 알려주지 않고. 살았는지 죽었는지, 아니면 다시 군대로 입대했는지 헷갈렸을 정도야."

"재입대? 끔찍한 소리하지 마. 넌 하마터면 나한테 욕을 한 바가지로 먹을 뻔했어."

지우는 진지한 얼굴로 정색하면서 몸을 한 차례 부르르 떨었다.

군대. 한 번쯤은 괜찮은 곳. 아니, 웬만하면 가지 않는 편이 좋은 곳이다. 그때의 생각만 하면 아직도 치가 떨린다.

전역해서 추억이라 말할 수 있는 거지, 재입대하라고 한다면 차라리 지옥에 가는 편이 낫다고 생각될 정도였다.

"그래서, 뭐하고 지냈는데?"

"일 하지. 난 일밖에 안 해."

"일에만 매달리는 남자가 제일 매력 없어."

"돈이 많으면 매력 만점일걸?"

상상을 초월하는 대답에 김수진이 혀를 찼다.

"……있잖아, 너. 소개팅 자리에서 통장 보여줄 생각이야? 그건 아니잖아."

"하하하. 그러네. 네 말이 맞아."

지우가 낄낄거리면서 대답했다.

김수진은 오른손으로 턱을 괴면서 문득 무언가 생각난 듯한 표정으로 입을 열었다.

"카페에 와서 문득 생각이 들었는데, 로드 카페라고 알고 있어?"

"당연히 알고 있지."

모르면 이상했다.

"하긴, 넌 뉴스는 챙겨보는 편이었으니까 알겠지. 한 달 전에 여러모로 시끌벅적했잖아? 세이렌 엔터테인먼트의 대주주가 로드 카페의 창업자라는 거. 게다가 놀랍게도 그 사람 너랑 이름이 성까지 똑같더라."

"동일인물이니까."

"뭐?"

순간.

두 남녀 사이에 있던 공기가 딱딱하게 굳었다.

정말로 시간이 멈춘 듯이 움직임이 딱 하고 멈췄다.

김수진은 움직이지 않고, 살짝 놀란 듯 두 눈을 동그랗게 뜨고 지우의 눈을 똑바로 쳐다보았다.

지우는 그런 김수진의 눈길을 보고도 아무렇지 않는 모습을 보였다.

침묵.

주변은 활발하게 움직이고, 생기발랄한데 카페 내부에서 두 사람의 사이만 얼어붙은 듯 어떠한 움직임도 보이지 않았다.

그리고 침묵을 깬 것은, 김수진 쪽이었다.

"푸훗. 푸흐흐흑!"

김수진은 웃음이 빵 터졌는지 필사적으로 입을 막고 소리 죽여 웃었다. 그녀의 눈가에는 물방울까지 고였다.

"제법 재미있는 농담이었어, 지우야. 이번 년도 농담 중에서 최고였어."

"아니, 나 정말……."

언론에 노출하고 싶은 편은 아니었으나, 그렇다고 모두에게 말하고 싶지 않은 것은 아니었다.

가족들에게도 약간 거짓말을 섞어서 말했고, 주변에 친한 사람들에겐 말해도 상관없었다.

물론 친한 사람이라고 해도 눈앞에 김수진 밖에 없었지만 말이다.

"스읍."

김수진이 손바닥을 쫙 펼쳐 지우의 말을 낚아챘다.

"드립은 언제나 한 번까지야. 두 번은 잘 통하지 않아. 그리고 너까지 딱히 내 앞에서 허세를 피울 필요 없어. 넌 있는 그대로, 가식 없는 정지우가 멋있으니까."

"뭐래, 이 미친ㄴ……."

"자꾸 그러면 너래도 화낸다. 그거 알아? 남자는 허세 떠는 모습이 정말 재수 없다는 거."

김수진은 말을 끝내자마자, 몸을 일으켜서 검지로 지우의 이마를 살짝 쿵 눌렀다.

"알간, 모르간?"

씨익 하고 매력적인 미소를 짓는 김수진이었다.

"야야, 저기 봐봐."

"꿀꺽. 예쁘다……."

카페에 있던 주변 남자들이 그 매력적인 미소에 홀라당 넘어가 정신이 멍해진 표정을 지었다. 과한 이들은 침을 질질 흘리곤 했다.

"참나, 그래그래. 알았다."

지우가 헛웃음을 흘리면서 그냥 넘어가기로 했다.

저렇게까지 믿지 않고 있는데, 굳이 힘들어서 로드 카페 창업주 정지우와 평범남 정지우가 동일 인물이라는 걸 알릴 필요 없다고 생각했다.

"그나저나, 난 그렇다 쳐도 넌 뭐하고 지냈는데?"

"뭐하고 지내긴. 졸업 준비 하느라 바쁘게 지냈지."

"졸업? 벌써? 아, 생각해 보니 너 군대 안 갔지."

대한민국 남자들은 대다수 군대 때문에 동기 여학생들보다 졸업이 늦다.

평균적으로 20세에 바로 대학에 입학하여, 1학년을 다 보낸 뒤에 군대를 간다.

그럼 23세쯤에 다시 복학해서 2학년으로 시작하고, 25세에 4학년을 끝내고 26세 2월에서 3월 무렵에 졸업식을 맞히고 취업 준비를 했다.

"으응? 잠깐, 생각해 보니 벌써가 아니네. 너 나랑 같은 나이에 입학했잖아? 그럼 내년 졸업이 아니고 24세 때 졸업하는 거 아니었어?"

"등록금 마련하려고 휴학했었어."

"엥? 등록금……? 너네 집은 등록금 내주시지 않았어?"

"언제까지 부모님에게 손 벌릴 수는 없잖아. 집안이 크게 가난한 건 아니지만, 그래도 내 장학금은 내가 벌고 싶었어."

"오호. 우리 김수진 씨는 효녀시군요."

"그럼! 내가 누군데? 쿡쿡."

"하하하하."

지우는 김수진과 함께 대학 생활이나, 아르바이트 얘기 등 주로 서로의 근황에 대해서 카페에서 대화했다.

정신은 차리고 보니 한 시간이 훌쩍 넘어가고 있었다.

"벌써 시간이 이렇게 됐네."

창문 바깥을 보니 노을빛으로 물들었던 하늘은 어느새 구름 뒤에 가려진 달이 슬쩍슬쩍 보이는 어둠으로 물들었다. 아무래도 계절도 가을이다 보니 해도 금세 떨어졌다.

하루 종일 빛을 대신했던 태양이 사라지자, 거리의 화려한 네온사인과 가로등이 빛을 대신했다.

슬슬 지하철과 버스 막차 시간대에 가까워지자, 두 남녀는 카페에서 나와 거리를 걸었다.

"난 내년이면 졸업인데, 넌 이제 복학해서 2학년이겠네?"

"복학할 생각 없어. 이대로 돈 벌 생각이야."

지우는 고민하지 않고 단호한 어조로 답했다.

자신이 대학을 간 이유는 별다른 것 없었다.

취업하기 위해서 스펙을 쌓기 위해, 그리고 남들 다 가니까 간 것뿐이었다.

그러다 보니 굳이 복학할 이유가 없었다. 지우는 이미 연봉이 수십억을 넘는 부자이고, 굳이 따른 회사에 힘들게 면접을 보고 취업을 할 필요가 없었다.

회사 생활이라는 사회 경험도 할 수 있지만 굳이 고생하면서 그게 필요하나 싶었다. 이대로 카페만 운영해도 대한민국 상류층에 입성하여 마음 편히 살 수 있다.

설사 앱스토어의 상품이 도중에 증발한다 하여도, 이미 브랜드 값이라는 것이 자리 잡아서 특별한 일이 없다면 건재할 것이다.

"그건 조금 아쉽네. 예쁘고 귀여운 여후배들이랑 놀 수 있었을 텐데."

김수진이 씩 웃으면서 장난을 걸었다.

"아는 남자 학생도 없기로 유명한 아웃사이더 정지우다. 그런 꿈같은 일은 벌어지지 않지."

스스로 외톨이라고 호언장담하는 불쌍한 남자!

"응응. 그렇지, 천하의 정지우가 인기 있을 리가 없지."

김수진은 입을 손으로 가리면서 쿡쿡 하고 웃었다.

그 모습이 왠지 모르게 안도하면서 기뻐하는 것 같았다.

"……넌 왜 내가 아웃사이더라는데 왜 그렇게 좋아해?"

"글쎄? 후후후. 그보다 내년 2월 말에 이 누나 졸업식인거 알고 있지? 시간 비워놓고, 꼭 축하하러 와."

"그 정도는 얼마든지 가줄 수 있지."

"후후후. 약속했다? 아, 그리고 졸업 선물이나 기대할게."

"그래, 알았……."

그 순간, 지우의 표정이 딱딱하게 굳었다.

살짝 미소를 짓던 그는 걸음을 멈추었다. 김수진은 무슨 일이냐며 말을 걸려다가, 지우의 얼굴에 서린 살벌함을 보고 몸을 흠칫 떨었다.

'시선.'

뒤통수가 저릿저릿하다. 누군가가 망치로 머리를 후려칠 것 같은 위기감이 들었다.

온몸의 감각 모두가 쭈뼛 서며 경보음을 울렸다.

서늘한 감각이 등줄기를 훑고 두뇌의 전두엽을 자극한다. 심장은 두근두근 성난 소 마냥 뛰기 시작하고, 피부에는 닭살이 돋았다.

지우는 천천히, 아주 천천히 머리를 뒤쪽으로 돌렸다.

'이 느낌……이 불길한 느낌, 분명히 예전에…….'

뒤를 돌아보니 듬성듬성 자리 잡은 가로등밖에 보이지 않

있다. 가로등 바깥으로는 깊은 어둠만이 존재했다.

"어머. 감각 좋네. 그건 무슨 능력이야?"

어둠 속에서, 마치 나락 끝에서 흘러 들려오는 듯한 섬뜩하고 무시무시한 목소리가 울렸다.

그 목소리는 여성 특유의 낮은 옥타브였고, 왠지 모르게 듣기 싫은 소음처럼 청각을 괴롭혔다.

그리고 그 정체를 묻기도 전에 어둠 속에서 여자가 나타났다.

여자는 아름다웠다.

어둠을 머금은 진녹빛깔에 살짝 곱슬끼가 들어간 단발, 어둠 속에서 화려하게 빛나는 붉은 입술, 갸름한 턱 선, 눈에 띌 정도로 작은 얼굴, 거기에 표독스럽게 올라간 눈초리는 도도함이 묻어났다.

다만 여자는 어딘가 모르게 사악하고, 음흉하고, 독해 보였다. 마치 독사와 같은 느낌이 묻어났다.

또한 몸에는 갖은 악세사리로 치장하고 있었다. 어둠 속에서도 영롱하게 빛나는 루비가 달린 귀고리, 진짜인지 아닌지 모를 다이아몬드가 박힌 목걸이, 그리고 한 손에 세 개씩 들어간 반지하며 머리부터 발끝까지 온갖 비싼 것으로 치장하고 있었다.

가방 또한 남자 여자 할 것 없이, 이름만 들어도 알법한 브랜드의 문양이 보였다.

하지만 특이한 것은 아직 한겨울도 아닌데, 패션 치곤 좀 오버한 겸이 있는 블랙 컬러의 밍크코트를 입고 있었다.

저 악세 사리에, 밍크코트를 보니 어린 시절 텔레비전에서 방영했던 달마시안 만화영화에 나오는 악역같았다.

또각. 또각.

짙은 어둠 속에서 구두 굽 소리가 들리며, 여자는 앞으로 천천히 걸어 나왔다.

"지, 지우야. 저 여자 알아?"

김수진도 무언가 이상함을 느꼈는지 불안한 기색을 보이며 지우의 소매를 살짝 붙잡고 물었다.

"조금은."

지우가 여자에게서 눈을 떼지 못하며 짧게 답했다.

"수진아, 나 저 여자랑 할 말이 있어서 그런데, 오늘은 그만 집에 먼저 돌아가."

"무슨 소리……."

"수진아. 괜찮으니까 먼저 돌아가. 저 여자랑 예전에 좀 악연이 있어서. 나중에 설명해 줄 테니까."

지우는 김수진의 말을 강제로 끊은 뒤 일방적으로 말했다.

그러자 김수진은 그런 지우를 물끄러미 쳐다보다가, 한숨을 푹 내쉬었다.

그녀는 다소 찜찜한 얼굴로 여자를 한 차례 쳐다보곤, 다시 지우의 얼굴을 바라보면서 말했다.

"나야 제 3자니까 어떻게 관여할 수 없지만…… 그래도 나중에 무슨 일인지 알려 줘야 해? 그리고, 자칫 잘못하면 성추행범으로 몰려서 불리할지도 모르니 조심하고."

"응, 고마워."

지우는 걱정하는 김수진에겐 눈길조차 주지 않은 채, 여자를 경계하면서 대충 대답했다. 이미 그의 머릿속에는 김수진의 말이 제대로 들어오지 못했다.

"그럼 해결하면 꼭 전화해 줘. 알았지?"

"그래."

"……알았어. 나 먼저 가 볼게."

김수진은 미련을 버리지 못하면서도, 별수 없이 등을 돌렸다. 제법 오랫동안 알고 지냈던 친구가 이런 모습을 보여 준 것은 김수진도 처음 봤기 때문이었다.

그래서 분위기가 심상치 않은 것을 깨닫고, 지우의 말에 자리를 피하기로 마음먹었다.

김수진은 어둑어둑한 밤거리를 지나서 불빛 쪽으로 사라졌다.

고개를 살짝 돌려서 김수진이 사라진 걸 확인한 지우는 다시 여자에게로 시선을 집중했다.

"대출한 적 없는데요. 저 빚도 없어요. 게다가 어디 성추행한 기억도 없고, 누구 때린 적도 없습니다. 그렇다고 댁이 절호스트로 고용할 것 같지도 않은데……뭐죠?"

"뭐? 호스트?"

지우가 머신건 마냥 쏟아낸 말을 들은 여자는 한순간 멍한 표정을 짓더니만, 이윽고 꺄르르하고 웃음을 터뜨렸다.

"깔깔깔! 착각도 유분수지. 어떻게 너 같은 루저를 호스트로 써먹겠니?"

"그럼 무슨 목적으로 말 거셨는지……? 아, 전 도(道)를 믿는 것도 아니고 종교에도 관심 없습니다."

"호호호. 너 재밌는 애구나? 하지만, 걱정 마. 나 그런 거권유하러 온 사람 아니니까. 다만 너랑 장소를 바꿔서 조금깊은 대화를 하고 싶어서 그래."

"싫은데요. 우리 엄마가 수상한 사람 따라가지 말라고 했어요. 게다가 요즘 세상이 얼마나 흉흉한데요. 괜히 여자 따라갔다가 장기 빼앗길라."

지우는 농담 삼아 말하는 것 같으면서도, 주변을 둘러보면서 경계를 빼먹지 않았다.

"뭐래. 너 정말 재미없는 남자구나. 그렇지만 넌 나를 따라
와야 해."

"경찰 부르기 전에 당……흡!"

스마트폰을 꺼내려던 지우가 갑작스레 숨을 들이켜며 경악
어린 표정을 지었다.

"그러면 그 못생긴 여자 목숨 보장 못하거든."

"대체 뭔……."

지우는 혼란스러운 눈으로 정면을 주시했다.

여자는 김수진의 얼굴을 하고 있었다.

"앱스토어의 고객……."

지우가 기어가는 목소리로 중얼거렸다.

"잘 알고 있어서 다행이야. 그럼, 날 따라올 거지?"

제8장

백왕교의 유산, 파나세아

경기도 파주시에 위치한 한 공장 단지(團地).

파주에는 출판 단지나, 혹은 인쇄소. 가전제품 공장 등 다양한 공장이 즐비해 있다. 그중에는 망해 버린 공장도 제법 많은 편이었다.

별 하나 보이지 않는 어두운 밤.

사람의 접근이 제한된 어떤 폐 공장에서 청년과 아름답지만 독을 머금은 듯한 여자가 서로 마주 보고 있었다.

"너, 대체 뭐냐."

지우는 주먹을 꽉 쥐었다. 손가락뼈가 엇물리면서 우드득

소리가 요란하게 울렸다.

"양추선."

"이름 말고."

"앱스토어의 고객."

"……하아. 질문을 바꿀지. 너, 나한테 무슨 목적으로 찾아온 거야? 그리고, 난 말 돌리는 걸 싫어하기 때문에 웬만하면 직설적으로 말해 줬으면 좋겠다고 생각하는데."

지우는 골치가 아픈 듯 인상을 찌푸리면서, 머리가 아파오는지 관자놀이를 검지로 꾹꾹 눌렀다.

"재미없는 남자네. 하긴, 이런 추녀의 얼굴을 하고 있으니까 할 말도 없을 만하지."

양추선은 섬뜩한 웃음을 흘리면서 주변 환경과 어울리지 않게, 고급스러워 보이는 탁자로 움직였다.

아무래도 양추선이 미리 준비한 모양이었다.

탁자 위에는 한눈에 봐도 고급스러워 보이는 와인과 은은한 달빛을 반사하는 와인 잔이 놓여 있었다.

'……추녀?'

지우는 양추선의 말에 묘한 위화감을 느꼈다.

양추선의 외모에선 이상한 경각심을 부르는 위험이 도사렸으나, 그렇다고 못생긴 것은 아니었다. 반대로 웬만한 연예인과 비교해도지지 않을 정도로 아름다웠다.

실제로 여기까지 오면서 많은 사람들이 양추선을 힐끗힐끗 쳐다봤다.

"자, 한 잔 마시도록 해."

와인잔에 영롱한 빛깔을 자랑하는 와인을 따른 그녀는 지우에게 천천히 다가가 건넸다.

지우는 양추선이 건넨 와인잔을 조심스레 건네받고, 유리잔 안에 흔들리는 액체를 내려다보곤 눈살을 찌푸렸다.

"미안한데, 나 와인 마실 줄 몰라. 그리고 너 같은 수상한 년이 건넨 것도 마실 수 없어."

지우는 눈동자를 다시 양추선에게 고정하고 와인을 그녀에게 건넸다.

그러자 양추선이 어이없는 듯 헛웃음을 내뱉었다.

"너, 이게 뭔지 알아? 로마네 콩티(Romanee—Conti)야, 로마네 콩티."

로마네 콩티!

프랑스를 대표하는 와인이기도 하고, 일명 세상에서 가장 비싼 와인으로 소개되는 것 중 하나다.

와인 애주가들이 세상에서 가장 갖기를 열망하는 와인으로 뽑을 정도로, 그 명성은 드높다.

공급을 훨씬 뛰어넘는 수요가 그 증거고, 매년 수천 병을 병입할 뿐인데 전 세계 와인 중개상들은 서로 사겠다고 아우성이니 가격이 오르는 것이 당연했다.

게다가 소량이다 보니 재판매보다는 직접 음용을 목적으로 한다. 결론적으로 발행 시장에서 한껏 부풀려진 가격은 매물 부족이란 연유로 유통 시장에서 천정부지로 상승했다.

한국의 재벌이라 하여도 로마네 콩티를 소유한 사람은 적은 편이었는데, 양선추가 바로 그 소유자 중 하나였다.

물론 술이라면 맥주, 소주, 보드카(vodka) 정도밖에 모르는 지우 입장에선 발음하기 힘든 프랑스산 와인일 뿐이었지만 말이다.

"로마네 꽁티건, 로마네 코미디건 관심 없어. 이딴 장난은 관두고 나에게 접근한 이유나 말해. 안 그럼 재미없어."

지우가 사납게 으르렁거렸다. 그 표정은 굉장히 험악했다.

"와인 맛을 모르는 사람은 정말 불쌍해. 성경에 괜히 와인이 나오는 게 아닌데……뭐, 그럼 널 위해서 내가 특별히 마음 써 주도록 할게."

양추선은 새빨간 입술을 혀로 적시곤 옅게 웃었다. 그 모습이 무척이나 위험하고, 매력적으로 보였다.

그녀는 손에 쥔 와인잔을 흔들면서 이야기를 계속했다.

"백왕교의 사이비 교주, 알고 있지?"

"……!"

지우는 백왕교라는 이름이 나오자마자 흠칫 놀랐다.

백왕교, 그 이름을 어찌 잊을 수 있을까?

난생처음으로 뉴스에서나 거론되는 사이비 종교에 끌려간 것도 그렇지만, 제일 충격적이었던 것은 자신과 같은 앱스토어의 고객을 처음으로 만났었다.

잊을래야 잊을 수 없는 기억이었다.

"나는 그 교주가 가지고 있던 어떤 상품을 원해. 세상의 어떤 질병도, 상처도 낫게 할 수 있는 '만병통치약'을 제조할 수 있는 도구 — '파나세아'를 말이야."

"파나세아?"

지우는 찌푸린 인상을 펼 생각이 없어보였다. 여전히 불쾌, 짜증 가득한 표정을 유지하면서 잠시 생각에 잠겼다.

'파나세아, 파나세아라……어디서 많이 들어본 이름인데.'

아주 낯선 이름은 아니었다. 분명히 어디에선가 들어본 이름이었다. 하지만 잘 기억이 나지 않았다.

"모르는 척하지 마. 난 무려 삼천만 원짜리 과거 재생 마법스크롤까지 써가면서 너와 백고천이 싸웠던 일을 보고 왔으니까. 앱스토어의 상품이 얼마나 확실한지는 너도 잘 알고 있지?"

"파나세아……아!"

머릿속에 벼락이 쳤다. 누군가가 망치로 뒤통수를 강하게 후려친 기분이었다.

만병통치약을 제조할 수 있는 도구란 말에 과거의 일이 파노라마처럼 펼쳐졌다.

거의 일 년이 된 일이기도 했고, 사이비 교주 이후에 다른 앱스토어 고객의 두려움이나 혹은 돈 버는 일 때문에 잠시 잊어먹고 있던 기억이 하나 있었다.

사이비 교주 백고천이 백왕교를 설립하면서 쓴 도구, 일명 만병통치약 제조 도구라 불린 상품 파나세아는 현재 지우의 자취방 구석에 썩고 있었다.

그는 백고천과의 싸움 도중에 노획품으로 확실히 '파나세아'라는 이름의 상품을 얻었었다.

그러나 그 상품을 그 사건 이후로 단 한 번도 꺼내본 적이 없었다.

가족이나 혹은 친지나 자신이 다쳤으면 모를까 그런 일이 없어서 쓰지 못해 완전히 잊어먹고 있었던 것이다.

"……맙소사. 너 설마 했지만 정말로 300억이나 하는 파나세아를 잊어먹고 썩혀뒀구나?"

"컥! 사, 삼백……커허억!"

터무니없는 숫자에 지우는 숨도 제대로 쉬지 못했다.

'그게 300억이나 된다고? 아니, 내가 전에 봤을 때는 십억이었어. 어떻게 된 영문이지?'

파나세아를 백고천에게 빼앗아왔을 당시, 그는 앱스토어를 통해서 가격을 확인했다. 그리고 파나세아의 가격이 정확히 십억이라는 걸 확인했었다.

그런데 이제 와서 뜬금없이 앱스토어의 다른 고객이 나타나 그건 300억 원이라고 말하니 혼란스러울 따름이었다.

"정확한 가격도 몰라? 너, 파나세아를 얻고 제대로 확인도 하지 않은 모양이네."

양추선이 기가 막힌 듯이 헛웃음을 들이켰다.

"멍청한 널 위해서 조금 서비스해 줄 테니까 잘 들어. '파나세아'라는 상품은 총 두 가지로 나뉘어. 저급형과 고급형이야."

그녀는 검지와 중지를 들어 친절하게 설명해주었다.

"약 사천만 원 가량의 가치를 지닌 미들 포션이나, 하이 포션 등의 수준을 만드는 '저급형 파나세아'는 십억. 그리고 네가 가진 '고급형 파나세아'는 최소 십억의 가치가 나가는 엘릭서까지도 만들 수 있는 상품이야. 그렇기에 300억이나 나가는 거고."

'과연!'

고개가 절로 끄덕여졌다.

설마하니 파나세아의 종류가 하나가 아닐 줄은 몰랐다.

하기야, 포션만 해도 여러 종류로 나뉜다. 파나세아도 몇 종류로 나누어진다 해도 이상하지는 않았다.

다만 당시에 파나세아를 노획했을 때는, '가족이 다치면 이 상품을 이용해서 치료해줘야지.' 라는 일념 때문에 그다지 신경 쓰지 않고 그냥 쑤셔 박아놓고 보관했다.

물론, 설사 파나세아에 대한 진정한 가치를 알았다고 해도 지우는 이 상품을 딱히 팔거나 하지 않았을 것이다.

가족이 혹여나 불치병에 걸리거나, 혹은 큰 사고를 당할 때를 대비해서 가지고 있었어야하니까.

마지막으로 상품 하나에 저렇게까지 나가는 가격 또한 수긍이 갔다.

사지가 잘린다 해도 그걸 붙여서 재생시킬 수 있다는 엘릭서까지 제작 가능하다면 저 정도의 가격은 당연하다.

"뭐, 하여튼 난 그 상품을 원해. 그걸 얻으려고 삼천만 원이나 써가면서 널 추격했으니까."

"……그래, 네가 날 찾아온 이유는 대충 알겠어."

어떻게 추격했는지는 상관없다.

기적을 일으키는 상품이 천지로 널려 있는 앱스토어만 이용한다면, 추적 따위는 누워서 떡 먹는 것보다 쉽다.

"하지만 내가 너한테 이걸 그냥 넘길 이유는 없는데."

"나도 너한테 공짜로 받을 생각은 없어. 그래서 교섭하려고 이 자리를 준비한 거니까."

"교섭?"

"그래, 일종의 등가교환이지. 네가 파나세아를 나에게 넘겨준다면 난 너에게 앱스토어나 다른 고객에 대한 정보를 가르쳐 줄 의향이 있어. 넌 보아하니 신규 고객인 것 같은데, 난 4년 차나 됐거든."

'4년 차……나와 시기가 완전히 다르다. 앱스토어 고객은 같은 시기에 정해지는 게 아니라는 건가.'

아직까지는 추측이지만 앱스토어가 나온 지는 별로 되지 않았을 것이다.

스마트폰이 전 세계적으로 대중화하여 보편적으로 퍼지게 된 건 2007년이고, 한국의 경우엔 좀 더 후인 2009년도였으니, 5년이나 6년 차는 있을 만해도 그 이상 10년 차 정도는 없을 것이다.

물론 이것도 어디까지나 추측이다.

만약에 앱스토어가 앱의 형태가 아니라, 무언가의 다른 형태로 전해져왔다면 그 이상 오래된 고객이 있을지도 모른다.

"교섭이라……나쁘지는 않아. 하지만, 아무리 생각해도 그 정보가 파나세아를 대신할 가치가 될 정도라고 보장할 수 없어. 내가 널 뭘 믿고 거래를 해야 하지?"

그렇다.

파나세아의 가치는 무려 삼백억이다. 삼백억이 뉘 집 개 이름도 아니고, 현재 돈을 거의 쓸어 담듯이 하는 지우 입장에서도 부담스러운 가격이었다.

양추선이 알고 있는 정보가 그만큼 가치를 하는지 알 수 없으니, 신뢰하지 못했다.

그의 말에 양추선이 머리를 한 차례 끄덕이면서 예상했다는 어조로 질문에 답했다.

"그 말이 나올 줄 알았어. 그런 널 위해서 몇 가지 정보를 서비스로 가르쳐줄게."

양추선은 말을 끝내자마자 오른 손바닥을 쫙 펼쳐서 손가락을 하나하나 접었다.

"국내에 앱스토어의 고객은 그렇게 많지 않아. 일단 너, 나, 그리고 옥살이 중인 사이비 교주. 그리고 남은 둘까지 합해서 총 다섯 명밖에 안 돼."

'역시나 제법 있구나!'

두 명이나 더 있다는 소식에 지우는 겉으로는 무덤덤한 모습을 보였지만, 속으로는 굉장히 놀랐다.

양추선이 그 정보를 어떻게 알았는지 궁금하긴 했지만, 굳이 그걸 따지고 들어가면서 물어볼 생각은 없었다.

앱스토어에 워낙 기상천외한 상품이 많다 못해 넘쳐 있다 보니, 고객을 찾는 수단을 지닌 상품도 존재할 것이다.

게다가 방금 대화를 통해 한 가지 더 알 수 있는 사실이 있었다.

'방금 분명 국내라고 했지? 그렇다면 생각대로 해외에도 또 다른 앱스토어의 고객이 상주했다는 거겠지. 해외 서비스······ 오늘은 집에 돌아가서 생각할 게 많겠어.'

머릿속에선 가지각색의 상념이 얽힌 실타래처럼 복잡하게 뒤엉켰다. 그만큼 많은 생각이 지나갔다.

그가 잠시 상념에 빠진 동안, 양추선은 계속해서 고급 정보를 주입시켜 주었다.

"그리고 너와 사이비 교주를 제외하고 우리 셋은 제법 오랫동안 알고 지낸 사이야. 그리고 서로 건드리지 않기로 동맹까지 체결한 상태지."

'연합체까지······ 위험하다. 어떤 힘을 가지고 있을지 모르는 사람, 그것도 높은 연차의 고객이 서로 동맹을 맺고 있어. 싸우면 내가 철저하게 불리하다.'

식은땀이 콧잔등을 타고 흘러내렸다.

양추선의 말을 듣자마자 가슴이 철렁 내려앉는 듯했다.

"여기서 내가 특별 서비스를 해 줄게. 참고로 우리 세 사람 중에서 너에 대해 알고 있는 사람은 나밖에 없어."

"……흐응."

지우가 처음으로 표정의 변화를 보였다. 흥미가 동하는 감정을 내보였다.

그는 양추선이 한국의 고객 동맹에 소속되어 있다고 해서, 혹시 남은 두 사람도 자신에 대해 알고 있나 위축되어 있었다.

자기 자신이 모르는 사람들이 있는데, 그 사람들이 자세히 알고 있다는 것만큼 꺼림칙한 것은 없으니까.

"그리고 맛보기 정보는 여기까지야. 더 듣고 싶다면 파나세아를 넘겨. 그럼 네가 원하는 만큼 귀하고, 가치 있는 정보를 내가 아는 한 얼마든지 전해 줄 의향이 있으니까. 그리고 네가 내 말만 잘 듣는다면 우리 동맹에 너를 넣어 주는 것까지도 생각해보지."

양추선은 눈을 가늘게 뜨고 소름끼치게 웃었다.

딱히 손해 보는 장사는 아니었다.

그녀의 눈에 비친 지우는 고양이 앞에 생쥐였다.

언제든지 힘만 준다면 손쉽게 죽일 자신이 있었다.

즉, 이렇게 된 거 자신이 최초로 앱스토어의 고객을 수하로

둘 수 있는 기회이기도 하니, 나쁘지 않은 생각이라고 양추선은 생각했다.

"……."

쿵쿵쿵. 심장이 거세게 뛰기 시작했다.

심장 박동 소리가 온몸에 퍼져 울리기 시작했다.

솔직히 매력적인 제안이었다.

일단 승세는 자신이 아니라 양추선에게 있다. 고객끼리의 동맹에 속해 있으니, 그녀에게 허튼수작을 하면 둘을 적으로 돌려 최악으로 삼대일로 싸워야할지 모른다.

게다가 셋 다 모두 고년 차의 고객, 그렇다면 좀 더 강하고 다양한 힘을 가지고 있을지도 모른다.

'그에 비해서 난 제한이 걸려 있는 텔레포트, 그리고 그렇게까지 강하지는 않은 초능력인 엘렉트로 정도. 이걸로 이기기엔 힘들다.'

생각하면 생각할수록 불리해졌다.

눈앞에 양추선은 마치 RPG게임의 라스트 보스, 마왕에 견줄 정도로 비춰졌다.

'아니, 잠깐.'

그 순간, 머릿속에서 무언가가 스쳐 지나갔다.

'나에 대해서 양추선 밖에 모른다고? 그렇다면……혹시 그

녀는 파나세아를 독식하고 싶은 게 아닐까?'

이상해도 너무 이상했다.

정말로 결속력이 뛰어난 동맹이라면, 서로 상의를 통해서 파나세아를 어떻게 얻을지 정했을 것이다.

하지만 양추선이 말하는 걸 보면 독단으로 움직이는 것 같았다. 동맹이라 하지만, 한국 고객 연합체는 단순히 위협용으로 보여주기 위한 것 같았다.

'어쩌면 양추선은 남은 두 고객과 그다지 친하지 않을지도 모른다. 그냥 서로 관섭하는 것이 껄끄러워서, 별수 없다는 느낌으로 동맹을 체결한 것일지 몰라. 그렇다면 양추선의 지금 행동도 이해가 간다.'

불행 중 다행이었다.. 신경이 쓰이긴 하지만, 그래도 실낱같은 희망이 보이니 마음이 놓였다.

'그렇다면 적어도 이 근처에는 양추선과 나밖에 없다는 뜻이겠고……'

그는 고개는 고정한 채, 눈동자를 재빠르게 굴러 주변에 누가 없는지, 인기척은 없는지 확인했다.

그리고 별다른 인기척이 느껴지지 않자 다시 동공을 원위치로 되돌렸다.

"당연히 교섭에 응하겠지?"

양추선이 불길한 웃음을 흘렸다.

"……교섭에 앞서, 물어볼 게 하나 있다."

"말해."

"만약 내가 거절할 경우에는 어떻게 되지?"

그 질문에, 불길하지만 그래도 호의적이었던 양추선의 분위기가 일순간에 변했다.

눈매는 매섭게 가늘어지고 주변에선 말로 형용할 수 없는 기운이 흘렀다.

양추선은 마치 사냥 준비에 들어간 야수와도 같았다.

"굳이 입 아프게 설명해야 할까?"

"날 죽이면 영원히 파나세아를 찾지 못해."

"착각하는 모양인데, 난 딱히 널 죽일 생각이 없어. 다만 다른 방법으로 널 협박할 수는 있지."

양추선은 말을 끝내자마자 손바닥으로 얼굴을 가렸다. 그리고 피부를 톡톡, 하고 검지로 두들기더니 아까 함께 있었던 친구 김수진의 얼굴로 변했다.

"굳이 앱스토어의 힘을 빌릴 필요도 없어. 이 얼굴을 사진으로 찍은 뒤에, 흥신소에 조금만 돈을 쥐어줘도 금방 찾아줘. 이미 같은 방법을 통해서 널 찾았거든."

"과거 재생이라는 그 상품을 통해서 내 얼굴을 알아내고, 그

변신을 통해서 날 찾았구나?"

이제야 그녀가 자신을 어떻게 찾았는지 알 수 있었다.

하긴, 앱스토어의 상품은 하나같이 비싼 편이다. 어떤 얼굴로도 변할 수 있는 저 능력이 있다면 차라리 그 돈으로 흥신소에 부탁하는 것이 더 싸게 먹힌다.

"흥, 그래서 내가 널 못 믿겠다는 거야."

지우가 코웃음을 치곤 말을 이었다.

"교섭에 응하지 않는 이유는 세 가지야. 첫 번째, 정말 나와의 교섭을 원했다면 이런 장소가 아니라 사람이 많고 안도할 장소에서 청했어야 했어."

장소란 것은 생각보다 중요하다.

만약에 사람이 많은 중심가에, 카페를 장소로 삼았다면 지우도 이렇게까지 경계하지 않았을 것이다.

하지만 양추선은 만나기 전부터 폐 공장을 생각하고 장소까지 따로 준비했다. 이곳에 오자마자 무슨 함정이 도사리고 있을지 모른다고 경계부터하게 됐다.

양추선도 그걸 모를 리가 없다. 그런데도 굳이 여기까지 데려온 걸 보면 그녀는 일이 틀어지면 폭력을 쓰겠다는 의미로 보였다. 애초에 장소가 훌륭한 함정이다.

"둘째, 내 친구를 인질로 삼은 것이 아주 불쾌해. 협박할 거

리만 가져온 년이랑 교섭을 하라고? 헛소리하지 마. 그것부터
가 글러먹었어."

양추선의 얼굴이 불쾌하게 씰룩였다.

"세 번째, 네가 파나세아에 안달 난 걸 보면 알 수 있지만,
내 생각엔 네가 가진 정보보다 파나세아가 더 가치 있다고 생
각해."

"……다 지껄였니?"

마치 나락 밑에서 악마가 내듯, 양추선의 소름 끼치고 무시
무시한 목소리가 고막을 자극했다.

이에 지우는 무언가 떠올린 듯 손뼉을 치면서 검지를 세웠
다.

"한 가지 더. 그냥 네년이 좆같아. 대놓고 '난 악당입니다.'
라고 분위기를 풀풀 풍기는 여자와는 상종도 하고 싶지 않아."

"……호호. 호호홋. 호호호홋!"

영화에서나 볼 법한 악녀의 웃음소리가 퍼졌다.

중세 시대의 마녀를 보듯이 양추선은 턱을 손등으로 받히
고, 목을 뒤로 젖혀서 함박웃음을 터뜨렸다.

"오호호홋! 꺄하하하하핫!"

양추선은 미친년처럼 마구 웃어 댔다. 지우가 보든 말든 간
에 신경 쓰지 않고 숨이 넘어가도록 웃어 댔다.

아무것도 없고 휑한 공장 지대에 양추선의 목소리가 메아리처럼 울려 퍼졌다.

그렇게 일 분가량을 한참 웃어댔을까, 어느 순간 양추선의 웃음소리가 뚝하고 불쾌할 정도로 깨끗하게 끊겼다.

"좋아. 네가 아무래도 내가 추녀의 모습으로 있어서 상황 파악을 잘 하지 못하는 모양이네. 내 진짜 모습을 보면 생각이 바뀔 거야."

또각. 또각.

구두 굽 소리를 내면서 양추선이 지우를 향해 천천히 걸어갔다.

그리고, 걸어오던 양추선의 모습이 변화하기 시작했다.

매끄럽고 갸름한 턱 선은 어느 순간 살이 붙었다. 적은 정도가 아니라, 과할 정도로 볼 살이 무럭무럭 부풀어 올라 어느새 얼굴이 원형으로 변했다.

째진 눈매는 찾아보기 힘들 정도로 살에 파묻혔으며, 오똑한 콧날은 보기 흉한 주먹코로 변했다.

뺨 부근에는 주근깨가 솟았다. 그 외에도 여드름까지 합해져서 차마 보기가 힘들었다.

그 외에 신체적으로도 변화가 찾아왔다.

위아래로 컸던 키는 낮아지고, 대신 양옆으로 확장됐다. 한

팔에 들어올 것 같은 허리는 퉁퉁해졌다.

긴 기럭지를 자랑하던 다리도 통나무 마냥 굵어졌다. 제대로 서 있기도 힘들 정도로의 체형으로 변해 갔다.

그건, 사람치곤 과할 정도로 너무 거대했다.

웨이브 펌이 들어갔지만 푸석푸석한 단발, 살에 파묻힌 째진 눈매, 주먹코. 그리고 어긋난 치아. 턱살 때문에 보이지도 않는 목. 마지막으로 지방덩어리의 괴물로밖에 보이지 않는 몸까지, 체중이 백 킬로그램은 가볍게 나가 보였다.

"아아! 아름다워, 아름다워! 난 정말 아름다워! 너도 그렇게 생각하지?"

"……허어."

지우는 너무 어이없어 할 말을 잃었다.

솔직히, 객관적으로 봐도 양추선의 외모는 보기 흉한 편이었다.

물론 과거에는 마른 사람보다 뚱뚱한 사람이 아름답다곤 했지만, 그래도 저 정도까지는 아니었다.

저건 사람을 넘어서 무언가라 칭할 정도로 심했다.

제대로 걸어 다니는 것조차도 신기한 정도였다.

그런데도 양추선은 진심으로 자신이 아름답다는 마냥 희열 젖은 웃음을 짓고 있었다.

"후후. 내 아름다움에 그만 넋을 잃었구나? 나도 알고 있어. 하지만 어쩔 수 없었어. 사람들이 날 너무 아름답게 보고, 질시해서 평소에는 추녀처럼 다닐 수밖에 없었거든. 불쌍한 애들을 위해서라면 그 정도는 해 줄 수 있지."

지우는 양추선의 말에 차마 대답해 주지 못하고 할 말을 잃은 표정으로 그녀를 뚫어지게 쳐다봤다.

"자아, 어서 대답해! 너도 그렇게 생각하지? 내가 아름다운 것이 맞지? 네 못생긴 친구처럼, 아까 내 얼굴처럼 그게 추하고 내가 아름다운 것이 맞지!"

"미친년."

지우는 별말 하지 않고 욕으로 대답해 주었다.

그러자 양추선의 얼굴이 추하게 일그러졌다.

"뭐? 미친년……? 감히, 감히……아름다운 나에게 미친년이라고? 미친년이라고!"

이라고오―!

양추선의 끝말이 메아리 수준을 넘어 하나의 음파로 변하여 대기층을 찢어발기며 넓게 퍼졌다.

무협지에서 나오는 사자후(獅子吼)를 연상시키듯이 비명 소리에서 흘러나오는 파장은 거대한 쓰나미로 변했다.

양추선을 기준으로 그녀의 반경 100미터 안에 있는 모든 것이 지진이라도 일어난 마냥 콰르르 흔들렸다.

공사 자재들이 흔들리고, 드럼통이 음파에 버티지 못하고 허공으로 죄다 비산하며 빗발처럼 쏟아졌다.

한 차례 폭풍이 분 것 같은 광경이었다.

"뭔……?"

지우는 사자후에 당해 제정신을 유지하지 못했다.

귀 언저리에서 이이잉 하는 소음이 울리면서 사라질 생각을 하지 못했다. 반고리관까지 여파가 가서 그런지, 균형을 잠시 잡지 못해 하마터면 넘어질 뻔했다.

"다른 건 다 봐주려고 했어. 만약 내 아름다움을 인정했다면 다시 교섭까지 할 생각이었어. 그런데, 그런데 황금 같은 기회를 버려! 널 죽여 버리겠어!"

무언가가, 잘못됐다.

지우는 이 상황이, 그리고 양추선이 사람으로서 무언가가 일그러졌다고 생각하고 있었다.

그만큼 양추선이 보여 주는 모습은 따라가기조차 힘들었다.

우득! 우드득!

"맙소사……!"

변화는 거기에서 멈춘 것이 아니었다.

양추선의 몸이 한 차례 더 변화를 일으켰다.

무협지에서 나오는 환골탈태(換骨奪胎)마냥 신체가 작아졌다가 커지는 등 수준의 변신(變身)을 보였다.

지방으로 둘러싸인 양팔이 근육으로 변했다. 퍼런 핏줄이 툭 튀어나오고, 근육의 결이 다 보일 정도로 심한 단백질 덩어리로 변했다.

거기에 모자라서 피부 끝에서 털이 자랐다. 일반적인 털이 아니었다. 동양인 특유의 검은 털이 아니라, 굵직굵직한 갈색 컬러의 털이 자라서 수북하게 쌓이면서 전체로 퍼졌다.

얼굴도 변하였다. 입술은 삐죽 내밀어지고, 그 안에 있는 치아는 모조리 송곳니처럼 날카로워졌다.

또한 동공은 파충류의 것처럼 세로로 갈라져 섬뜩한 빛을 내뿜었다.

그 전체적인 모습을 보고 지우는 경악했다.

"곰……?"

제9장

돈이 없으면 몸과 머리
모두 고생한다

쿵! 쿵! 쿵!

땅이 흔들렸다. 그 진동이 온몸 전체에 전해졌다.

지진이 아니었다. 아니, 지진이긴 했으나 자연 재해에 속하는 지진이 아니었다.

몸길이 약 3여 미터, 그리고 7백 킬로그램으로 추정되는 무게를 지닌 불곰이 달려오면서 지진을 일으킨 것이다.

"캬오오오오!"

눈 깜짝할 사이에 불곰으로 변한 양추선이 육중한 몸을 이끌고 육탄 전차마냥 다가왔다.

'테, 텔레포트!'

한 번 부딪치면 뼈도 추리지 못할 것 같은 지우는 위험을 느끼고 거의 반사적으로 텔레포트를 사용했다.

파밧 하고 잔상을 남기면서 사라진 지우의 육체는 삼십 미터 떨어진 자갈 밭 위에 나타났다.

예전에 나름 텔레포트를 수련해서 익숙해진 그는 공간 이동을 끝내자마자 정신을 집중하여 자기가 서 있던 장소 바깥으로 돌진하는 양추선을 확인했다.

"이젠 불곰으로 변해? 애초에 변신 능력은 같은 종족에 만 속한다고! 다른 종족으로까지 변신하는 건 너무 사기잖 아! 이 미친년아!"

불곰과 싸워야할 생각을 하자 안색이 새파랗게 질렸다.

머리카락이 쭈뼛쭈뼛 서고, 다리를 후들후들 떨렸다.

군대에서 경계 근무를 설 때 봤던 멧돼지와는 비교조차 를 할 수 없을 정도로 거대했다. 그 무식한 크기에 입이 절 로 벌어졌다.

"크륵. 크르르르."

불곰은 섬뜩한 송곳니를 드러내고 낮게 울면서 머리만 돌려 뒤편에 위치한 지우를 쳐다봤다.

그러더니 불곰은 갑작스레 몸을 일으켜서 두 다리를 기

둥으로 삼아 꼿꼿이 섰다. 두 발로 서니 그 덩치가 농담 안하고 산 만하다 할 정도로 거대했다.

"크륵! 크르르륵!"

불곰은 몇 차례 사납게 울부짖더니만, 이윽고 몸이 다시 작아지기 시작했다. 그러더니 양팔과 양 다리만 야수화한 상태이고, 얼굴과 몸은 인간의 형태로 되돌아갔다.

그야말로 반인반수(半人反獸)인 웨어 베어(were bear)의 모습을 하고 있었다.

"보아하니 공간 이동 같은데……캐스팅 없이 행한 걸 보면 마법이 아니라 초능력 부류구나. 제법 괜찮은 상품을 샀어."

양추선은 비릿하게 웃었다.

"하지만 초능력은 정신력 소비가 제법 커. 과연 네가 잘 버틸 수 있을까?"

양추선은 다시 자세를 풀고 앞으로 엎드렸다. 그리고 또다시 변화를 시작했다.

이번엔 큰 몸체 자체가 서서히 작아지더니, 날렵한 몸매를 자랑하는 늑대로 변했다.

"아우우우!"

늑대로 변한 양추선이 울음소리를 길게 내뱉었다.

그리고 울음을 뚝 멈추고 난 뒤, 지면을 박차고 화살처럼 쏘아져나가 지우에게 덤벼들었다.

'빠르다! 텔레포……젠장, 제한 시간!'

몸이 반응하기도 힘들 정도로, 양추선의 움직임은 빨라도 너무 빨랐다. 그래서 텔레포트로 피하려고 했지만 애석하게도 재사용 시간이 일분이나 된다.

'그렇다면!'

빠지지직!

푸른 스파크가 튀기면서 온 힘을 다한 전류가 온몸에서 화려하게 뿜어져 나왔다. 주변을 다 뒤엎으려는 듯이 강력한 전압이 흐르는 전류는 다가오는 양추선을 향해 쏟아졌다.

"크릉!"

이제 막 지우를 덮치려던 늑대는 공중에서 화려한 제비돌기라는 신기한 재주를 보여 방향을 급히 틀어 전류를 피하려고 시도했다.

하지만 아무리 늑대의 몸이 날렵하고 빠르다 하더라도 빛의 속도를 따라갈 수는 없었다.

"됐어!"

푸른 빛줄기에 둘러싸이는 늑대를 보고 지우는 환호성을

내뱉었다.

방금 전에 쏟아낸 전기에는 제법 많은 힘을 투자했다. 인간은 물론이고 생명체라면 결코 버틸 수 없는 위력이 잠들어 있었다.

지우는 양추선이 전력에 버티지 못했을 것이라고 믿어 의심치 않았다.

그러나.

세상일은 결코 쉽지 않는 법이다.

"깜짝 놀랐어."

"젠장!"

지우는 이를 뿌드득 갈면서 정면을 주시했다.

이번엔 웨어 울프의 형상을 한 양추선이 비릿하게 웃는 채로 상처 하나 없이 꼿꼿이 서 있었다.

그리고 양추선의 다음 말에 지우는 절망했다.

"보아하니 초능력으로 무장한 것 같은데, 아쉽게도 나와는 상성인 것 같네. 내가 아는 고객도 원소 계열을 자주 써서 그걸 대비해 저항력을 높여주는 약을 처먹었거든. 거기에 돈 좀 썼지."

'원소 계열이 안 통해? 허세인가? 아니, 허세로는 보이지 않아. 그럼 진짜라는 건데……야단났다!'

여태껏 그는 앱스토어를 오직 돈 버는 도구로만 사용했다. 일렉트로는 청룡회 때문에, 그리고 텔레포트는 백왕교와의 싸움 때문에 구입했다.

별다른 사건이나 위험이 없다면 항상 돈 버는 데만 집중했다. 이는 그가 자기 자신의 싸움보다는 가족들이 다칠 경우를 생각하고 치료하기 위한 수단으로 돈을 모았기 때문이었다.

'도망쳐서 다른 방법을 찾는다! 도저히 상대가 안 돼!'

정면으로 승부하면 백 번 싸워서 필시 백 번 진다.

승산 없는 싸움에 승부를 걸 정도로 멍청하지 않았다.

그는 뒤도 돌아보지 않고 재빨리 몸을 돌려 공장을 향해 전력을 다해서 달려 나갔다.

"어딜 도망가!"

양추선이 지우의 뒤를 얼른 쫓았다.

이번엔 딱히 변화하지 않고, 반인반수 그대로의 모습이었다. 웨어 울프의 모습을 해서 그런지 그래도 몸집이 거대한데도 발만큼은 빨랐다.

지우는 난생처음으로 숨도 쉬는 걸 잊은 채로 달렸다.

아주 느리진 않았지만, 그렇다고 빠른 편은 아니었다.

아르바이트로 몸도 제법 단련됐고, 군대를 전역하고도

운동을 틈틈이 하는 편이여서 그럭저럭 속도는 났다.

하지만 그래 봤자 인간이다. 웨어 울프인 양추선보다 빠를 수 없었다.

지우는 문이 열린 공장 안으로 막 들어오는데 성공하였지만 이미 그때는 양추선이 바짝 쫓아온 상태였다.

"죽엇!"

양추선이 오른팔을 크게 휘둘렀다. 부우욱 하고 공기가 찢기면서 웬만한 검보다 날카로운 발톱이 섬뜩한 빛을 내뿜으면서 다섯 줄기의 선을 허공에 그었다.

'일 분!'

파밧!

지우는 아슬아슬한 타이밍에 텔레포트를 사용해 모습을 감췄다.

"……쯧."

양추선이 아쉬운 얼굴로 혀를 찼다. 하지만 이내 비웃음을 흘리면서 오른손 발톱을 쳐다봤다.

발톱에는 옷 조각과 더불어 피가 묻어 있었다.

"공장 안에 숨으면 피할 줄 알았어? 미안하지만 나는 야수 인간이라, 후각이 발달돼서 네 냄새를 맡을 수 있거든!"

＊　　　＊　　　＊

공장은 총 삼 층으로 이루어져 있었다. 그는 이 층 구석, 잘 보이지 않는 장소에 몸을 숨겼다.

지우는 드럼통과 공장 자재 사이에 쪼그려 앉아 숨을 가다듬고 윗옷을 벗었다. 그러곤 발톱이 지나간 등허리를 옷으로 감아 지혈했다.

"끄흑, 끄흐으……흐읍!"

비명이 절로 튀어나올 정도로 고통이 터졌지만 지우는 가까스로 비명을 집어넣으며 입술을 질끈 깨물었다.

'동물이라면 청각도 발달됐겠지. 그럼 소리를 내는 것도 위험해.'

지우는 고개만 슬쩍 내밀어 좁은 시야로 아래층을 살폈다. 웨어 울프의 모습인 양추선이 이리저리 돌아다니면서 자신을 찾고 있었다.

'확실히 후각은 뛰어나겠지만, 그래서는 날 찾을 수 없어. 폐공장이다 보니 여러 가지 냄새나는 것이 많거든.'

특히 폐공장은 범죄 장소에 아주 좋은 장소이다.

실제로 중국에서 넘어오는 인신매매단 등이 범죄 장소나 거래 장소로 쓰기도 했다.

그밖에도 폐수 등을 버리는 장소로 종종 쓰이곤 했다.

굳이 이러한 이유가 아니어도, 오랫동안 버려진 장소이다 보니 먼지가 많이 쌓여서 숨쉬기도 힘들 정도다.

평범한 동물의 후각이라면 반대로 이런 장소는 결코 좋지 않았다.

"그나저나, 너 정말 제법이구나! 보아하니 1년 차나 2년 차밖에 되지 않은 것 같은데, 공간 이동이나 원소 계열 초능력을 살 수 있다니. 어떤 범죄를 이용해서 돈을 번거야?"

양추선은 일부러 지우의 반응을 보고 싶어서 그런지 아무렇게나 말을 지껄이기 시작했다.

물론 그 와중에도 주변을 둘러보는 걸 잊지 않았다.

'어떤 범죄를 이용하다니……?'

지우는 몸을 숨긴 채 약간이나마 반응을 보였다.

그녀의 말에서 무언가 의문을 느꼈기 때문이었다.

"그 사이비 교주도 정말 대단해. 그런 방식으로 신도를 모아서 돈을 불릴 생각을 하다니 말이야. 굉장하지 않아?"

'대체 무슨 소리를 하는 거야……?'

이해가 가지 않았다.

양추선의 말을 듣고 생각이 정말 멈추는 듯했다.

그녀의 말을 도저히 머리로 이해할 수가 없었다.

'애초에 앱스토어라는 건, 돈을 벌기 위한 최고의 도구 잖아. 돈을 벌기 위해서 사용하지, 그럼 어디다 써?'

그녀의 말에 공감할 수 없는 점이 바로 그거였다.

물론 앱스토어의 상품은 돈을 버는 도구뿐만 아니라, 질병을 치료한다거나 혹은 초능력이 생기는 등의 상품도 판다. 하지만 지우에게 있어 앱스토어의 사용 목적은 어디까지나 돈을 벌 도구. 그게 당연한 것이었다.

그런데 양추선은 꼭 돈을 벌 도구로 사용하지 않은 것처럼 말하고 있었다.

"조사해 보니 그 사이비 교주는 아무래도 부모 일 때문에 복수심으로 종교를 만든 것 같지만, 그건 아무래도 상관없지. 그 덕분에 돈을 버는 획기적인 방법을 생각했으니까. 그래서 나도 백왕교 일이 잠잠해지면 그런 방법을 쓰려고. 네 생각은 어때?"

'설마……양추선과 남은 두 사람 고객들은 앱스토어를 돈 버는데 주력하지 않고 초능력이나 그런 것에 쓴 거야?'

지우는 그녀의 말에 한 가지 추측을 했다.

자신 외에 다른 고객들은 돈 버는 도구를 사지 않고, 초능력이나 혹은 변신 능력 등 기상천외한 상품부터 주력하여 구입한 것. 그리고 그걸로 사업이 아니라 범죄 등을 통해서 돈을 벌었을지도 모른다.

'이것들 바보 아니야? 뭐 하러 그런 멍청한 짓을 해? 앱스토어는 돈이 많으면 여러 가지를 해결해 줄 수 있는 건데 뭐 하러 다른 것부터 사? 이해가 안 가네. 돈을 모으는 것보다 중요한 게 어디 있다고?'

지우는 양추선을 포함한 다른 두 고객을 바보라고 생각했지만, 그게 정말로 바보 같은 행위는 아니었다.

원래 사람에게 인내심이란 그렇게 많지 않다.

만약 단번에 외모를 아름답게 하거나, 혹은 미국의 히어로 만화에서나 나올 법한 초능력을 살 수 있는 돈이 있다 치자.

그리고 조금 시간이 걸리지만 돈을 확실하게 벌 수 있는 도구가 또 있다고 치자면, 사람들 대부분 아마 전자를 택할 것이다.

원래 인간이란 불확실한 미래보다, 지금 당장 눈에 보이는 확신을 좋아한다.

물론 그렇다고 마법의 커피 머신 등이 불확실하다는 건 아니었지만, 적어도 초능력은 단번에 두 눈으로 확인할 수 있으니 엄연한 차이가 있다.

그 외에도 또 다른 이유가 있다.

사람은, 일하지 않고 편히 돈 버는 것을 좋아한다.

노력과 약간의 불안이 있는 사업.

마법 같은 힘으로 정체를 숨겨 돈을 벌 수 있는 범죄.

대부분의 인간은 후자를 택할 것이다.

그리고 후자에 만약 물들 경우, 그 마력에 헤어나지 못해서 이와 같은 방법을 택한다. 양추선도 그런 느낌으로 여태껏 돈을 벌어서 상품을 사왔다.

'그래서 저 여자가 파나세아가 목숨을 거는구나. 돈 벌기가 힘드니까, 결코 구할 수 없으니까 말이야. 게다가 파나세아가 있다면 앞으로 보다 쉽게 많은 돈을 구할 수 있으니……남은 두 고객에게 비밀로 할 정도의 가치가 있지.'

이제야 머리가 잘 돌아갔다.

양추선이 어떤 의도를 가진지 파악했다.

그리고 가장 중요한 것, 그녀의 수중에 돈이 없다는 것을 확실하게 파악할 수 있었다.

'큭. 크흐흐훗.'

지우는 악당처럼 진한 미소를 흘렸다.

입을 손바닥으로 가리고, 필사적으로 웃음을 참아내면서 악당과 같은 회심의 미소를 보였다.

'그럼 방법이 있지!'

지우는 주머니에서 조심스레 스마트폰을 꺼냈다.

지금 이 상황을 타파할 기가 막힌 방법이 있었다.

*   *   *

십 분이 지났는데도 지우가 쥐구멍에 꼭꼭 숨어 버린 생쥐마냥 보이지 않자, 양추선은 슬슬 지쳐가고 짜증 났다.

그녀는 아무렇게나 나불대던 말을 멈추고, 근처에 있던 드럼통을 힘껏 후려치면서 소리를 빽 질렀다.

"이제 좀 나오지 그래, 이 개 같은 자식아! 안 나오면 네 못생긴 친구를 찾아가서 갈기갈기 찢어 버리겠어!"

쿠웅!

걷어찬 드럼통이 종잇장 마냥 구겨지면서 바닥을 처참히 굴렀다. 형체를 알아보기 힘들 정도로 일그러졌다.

만약 그녀에게 한 대 맞으면 정말로 뼈라는 뼈는 모두 산산조각 나 박살 날 것이다.

"그렇게 너무 소리 지르지 마. 성대 결절 걸릴라."

그때였다.

지금까지 머리카락 하나 안 보였던 지우가 삼 층에서 드디어 모습을 드러냈다. 그는 주머니에 손까지 넣고 한껏 여유로워진 모습으로 서 있는 채로 움직이지 않았다.

"드디어 삶을 포기한 모양이네. 지금의 네 능력으로 날 상대할 수 없다는 걸 깨달았어?"

"아니, 그 반대야. 난 승산 없는 싸움은 잘 안 해. 널 이길 수 있을 것 같아서 나온 거야."

"겁을 상실해서 완전히 미쳐버렸어? 말했다시피 네 잘난 초능력은 나한테 통하지 않아. 설마 십 분밖에 안 되는 시간으로 무슨 함정이라도 설치했다고 지껄여 보려고?"

양추선은 그의 말을 믿지 않았다.

여유로운 모습은 어떻게 봐도 허세로 보였다.

아까 보여 준 무기력한 모습을 연기로 보기엔 무리가 있었고, 애초에 자신에게 이길 만한 무력을 지니고 있다면 처음부터 그 무력을 보여줬을 것이다.

"미친 것도 아니고, 함정을 준비한 것도 아니야. 정면 승부로 널 쓰러뜨려주마!"

말을 끝냄과 함께 지우는 삼 층 높이에서 뛰어올랐다.

아래에서 그 광경을 본 양추선이 드러낸 감정은 곤혹 그 자체였다.

'뭐지? 분명 육체 능력은 없었을 텐데.'

공장 안으로 들어가는 걸 쫓아오면서 그에게 어떠한 육

체 능력도 없다는 걸 확인했다.

그런데 대체 무슨 심보로 저렇게 자신 있게 뛰어내린 걸까? 높이만 해도 족히 십 미터는 넘었다. 평범한 사람이라면 다리가 부러져 버린다.

헌데 단 한 순간의 망설임도 없이 저렇게 자신 있게 뛰어내리니 양추선은 당황했다.

'위험해.'

쿵쾅쿵쾅. 맥박이 빠르게 뛰었다.

'위험해, 위험해, 위험해! 뭔가가 이상해!'

머릿속에서 경보음이 새빨간 빛을 내뿜으며 앵앵 울렸다. 사이렌 소리가 울리면서 온몸의 감각을 자극했다.

양추선은 위험성을 알리는 미지의 감각에 몸을 맡기고 급히 뒤로 몇 걸음 물러났다.

그러자 쐐애액 하고 울리는 파공성과 함께 위에서 뛰어내린 지우는 오른손 주먹에 힘을 잔뜩 쥐고 그대로 수직으로 내리꽂았다.

쿠와아아아아아앙—!

귀가 멍멍해질 정도의 굉음과 함께 주먹이 지면에 닿자마자, 그가 착지한 장소를 중심으로 원형으로 약 일 미터의 공간이 아래로 움푹 내려앉았다.

콘크리트 바닥이 거북이 등껍질 마냥 금이 가면서 콘크리트 조각을 꿀럭꿀럭 바깥으로 내뱉었다.

"후우우우."

화려하게 지면에 착지한 지우는 숨을 길게 내쉬면서 몸을 세웠다.

허리는 꼿꼿하게 펴고, 자신감 가득한 웃음을 흘렸다. 그의 몸에선 반투명한 기운이 넘실거리며 흐르고 있었다.

"뭐야, 너."

"⋯⋯흐흐흐."

지우가 정말 악당처럼 음흉하게 웃었다.

"너, 대체 뭐냐고! 설마 힘을 숨겼다거나 그런 거야?"

"숨기긴 뭘 숨겨. 내가 숨기고 있는 건 바짓가랑이 안에 있는 매그넘 뿐이지."

정지우가 삼류 수준도 안 돼는 저질 드립을 날렸다.

"그럼 대체⋯⋯."

"그냥 나도 앱스토어를 너와 같은 방식으로 썼을 뿐이야."

"나와 같은 방식⋯⋯너, 설마⋯⋯!"

양추선이 처음으로 경악을 금치 못하는 표정을 지었다.

"전형적인 왕도 전개라면 지능캐가 머리를 굴려서 자기

보다 쎈 놈을 전략으로 이기겠지. 하지만 난 머리가 나빠서 그런 거 못하거든. 그래서 대한민국의 자본주의를 이용한 필승의 비법을 썼지."

바로 돈이었다.

"머리가 나쁘면 몸이 고생하고, 몸이 부실하면 머리가 고생하지. 그리고 돈이 없으면 머리와 몸 모두 고생해. 너도 앱스토어의 고객으로서 공감하지 않아?"

"대체, 언제⋯⋯? 앱스토어는 이튿날이 지나야 택배가 올 텐데?"

"긴급배송이라는 편한 기능은 어디다 두고?"

"⋯⋯큭!"

양추선이 아차 하는 얼굴로 침음을 흘렸다.

"강해지고 싶다면 캐쉬(cash)를 충전해라. 적에게 이길 수 없다면 과금(課金)하라, 스펙이 부족하면 현질해라! 대한민국 온라인 게임 한 번 못 해봤냐!"

악당이 마왕이 되어 양추선을 약 올렸다.

"죽여 버리겠어!"

양추선은 지우의 도발에 그대로 넘어가 달려들었다.

땅을 박차고, 몸을 화살처럼 쏘아내서 거리를 좁혔다. 우득, 우드득하고 양팔의 근육이 뒤틀렸다가 크게 부풀었다.

늑대의 형태에서 불곰의 형태로 변한 그녀는 살의로 들끓는 동공을 빛내면서 근육 덩어리 오른팔을 휘둘렀다.

지우는 시야 모두를 가릴 정도로, 거대한 주먹이 눈앞까지 다가오는 것을 똑바로 쳐다봤다.

헌데 그 주먹의 속도는 이상할 정도로 느렸다.

마치 세상이 멈춘 듯, 시간이 느리게 흐르면서 아주 천천히 다가오고 있었다. 주먹뿐만이 아니었다.

양추선의 일그러진 표정도 느끼기 힘들 정도로 정말 느릿느릿하게 움직이고 있었다.

지우는 그 광경을 쳐다보면서 두 눈을 지그시 감았다.

'과연, 확실히 인간적인 한계를 넘었다.'

눈을 감고 집중하자 시각, 청각, 후각, 미각, 촉각, 그리고 육감까지 개방된 그의 육체는 더 이상 인간으로 부르기가 힘들었다.

변한 건 감각뿐만이 아니었다. 온몸에 흐르는 적혈구와 백혈구도 일반인의 것을 초월했다.

근육 또한 표범처럼 날렵하고 탄탄하게 변모했다. 두뇌에서 흐르는 뇌세포까지 새롭게 변했다.

눈을 감으면 신기하게도 온몸의 감각 기관뿐만 아니라 신경 하나하나가 무엇인지 자연스럽게 이해하게 됐다.

'하압!'

눈을 '팟' 하고 떴다.

그러자 다시 시간이 흘러갔다. 쐐애액 하고 귀가 앵앵 울릴 정도로 시끄러운 파공성이 고막을 괴롭혔다.

육중한 불곰의 주먹이 코앞까지 다가왔다.

지우는 흔들리지 않고 왼손을 주먹으로 쥐고 아래에서 위로 깨끗한 직선을 그려내어 올려치기를 선사했다.

"어?"

양추선이 뒤통수를 망치로 한 대 맞은 표정을 지었다.

이상했다. 이상해도 너무 이상했다.

자신은 분명히 수백 킬로그램의 무게가 들어간 주먹을 날렸다. 그런데 그 주먹이 눈앞에 있는 남자를 짓뭉개긴커녕, 이상한 각도로 우드득 꺾여서 위로 부메랑처럼 휘었다.

그게 워낙 한순간에 일어난 일이었는지라 양추선은 고통을 느끼기 전에 당혹스러운 감정을 보였다.

"뭐가 '어?'야, '어?'는. 내 복수지 이년아."

지우가 왼발을 내딛는다. 그리고 왼쪽 주먹을 회수하고, 허리를 시계 반대방향으로 돌렸다.

양 다리를 단단한 기둥으로 삼아 신체를 지면에 고정한다. 그리고 허리를 돌리는 회전력을 삼아 오른팔에 집중하여, 오른 주먹에 영혼까지 끌어 모은 전력(全力)을 실었다.

"현금(現金)은 무적(無敵)이다."

콰아아아아아아아아아아앙—!

공장 전체를 뒤흔들 만큼의 굉음이 터지고.

"꾸에에에에에엑!"

이윽고 양추선의 비명이 따랐다.

제10장

고객은 아무것도
남기지 않는다

양추선은 다른 사람에 비해 살이 잘 찌는 체질이었다.

특별히 병은 아니었지만 이상하게도 정말로 뭐만 먹어도 금방 살로 전환됐다.

그 수준이 과할 정도라서, 그녀는 어릴 적부터 '돼지' 등의 악의적인 별명으로 불리면서 왕따를 당했다.

외모적으로 놀림과 따돌림을 받다보니 그녀는 자신감을 잃으면서 점차점차 내성적으로 변했다.

결국 정신을 차리고 보니 누구와도 섞이기 힘들었고, 사회에서 고립됐다.

하지만 양추선이 계속해서 절망한 건 아니었다.

그녀는 어느 날 텔레비전을 보면서 살을 빼서 굉장한 미인이 됐다는 사례를 본 적이 있었다.

다이어트 프로그램의 주인공은 실제로 백 킬로그램을 넘는 거구의 여자였는데, 그녀는 주변의 핍박에 참지 못하고 크게 결심하여 살인적인 노력 끝에 일 년 만에 살을 모조리 감량하여 45킬로그램까지 뺐다고 한다.

살을 뺀 주인공은 성형을 한 것도 아닌데도 굉장히 아름다웠다.

양추선은 그걸 보고 자신도 그렇게 변할 것이라 생각하며 희망을 가졌다.

실제로 그 결심은 작심삼일이 아니었으며, 어떻게든 자신을 변화하고 싶어서 밥을 적게 먹고 꾸준히 운동을 하여 지방을 태웠다.

'나도 분명 예뻐질 거야. SNS를 보면 나와 같은 부류를 긁지 않는 복권이라고 했어. 살 빼면 분명히 나도 예뻐질 거야.'

지금까지는 어쩔 수 없는 체질이라면서 변명을 했다.

운동을 포기하면, 자신의 인생은 변하지 않을 것이라고 생각하면서 자신을 채찍질했다.

그리고 일 년의 노력 끝에 살을 뺄 수 있었다.

하지만.

"하나도 예쁘지 않아……."

살은 확실히 빠지고 있었다. 백 킬로그램이 넘었던 중량이 칠십 킬로그램까지 빠졌다. 그러나 살을 뺀다 하여도, 특유의 주먹코나 주근깨까지 사라지지는 않았다.

풍풍한 수준에서 슬슬 통통한 수준까지 빠지긴 했으나, 이대로 살을 뺀다 하여도 예뻐질 가망성이 보이지 않았다.

양추선은 절망했다. 모든 걸 걸었던 희망이 사라지자, 더 이상 버틸 수 없을 것 같았다.

그래서 그대로 포기하려 했다.

"회원님, 오늘 왜 그렇게 표정이 안 좋으세요?"

그러던 어느 날, 평소 다니던 헬스장의 트레이너가 자신이 우울해하는 걸 보고 말을 걸어왔다.

트레이너는 헬스장의 여성 회원들에게 인기가 많을 정도로 멋있었다. 키도 훤칠하고, 근육도 잘 자리 잡았고, 게다가 잘 생기고 상냥했다.

"그게……."

양추선은 트레이너에게 이대로 살을 빼도 소용이 없을 거라는 등 부정적인 이야기를 꺼냈다. 트레이너는 그녀의 말을 가만히 들어주었다.

그리고 이야기를 듣자마자 양추선의 어깨를 토닥이면서 응원하는 말을 건넸다.

"그렇게 생각하지 마세요. 회원님은 예뻐요. 특히 그 노력하는 모습이 굉장히 아름다워요. 처음 봤을 때부터 특히 아름답다고 생각했어요. 눈이 부실 정도였다니까요?"

"지, 진짜요?"

잘생기고, 상냥하다. 거기에 옆에서 예쁘다고 칭찬까지 해 준다. 연애 경험이 하나도 없었던 양추선이 트레이너에게 반하는 것도 그리 오래 걸리지 않았다.

그녀는 첫사랑이라는 걸 하게 됐다.

양추선은 트레이너의 응원을 기운으로 삼아서 다시 감량에 도전했다. 포기하지 않고 다이어트에 집중했다.

물론 그 광경을 안 좋게 보는 사람들도 있었다.

주로 같은 헬스장의 여자들이었다.

"저 여자 봐봐. 살 빼도 별로 안 예쁜데?"

"진짜 불쌍하다."

"트레이너 오빠도 참 불쌍하지, 회원 한 명 유지하려고 저런 못생긴 여자한테 말을 걸어야 하고."

트레이너의 인기는 헬스장에서 폭발적이었다.

젊은 연령대의 여성은 물론이고, 들리는 소문에 의하면 유부녀들 또한 트레이너에게 꼬리 칠 정도였다고 한다.

여하튼간에, 양추선은 주변의 시선이 조금 신경이 쓰이긴 했지만 그래도 트레이너의 여러 응원을 받으면서 꾹 참고 감량을 계속했다.

그 덕분에 얼마 뒤에 양추선의 피나는 노력에도 결실이 맺혔다. 50킬로그램까지 감량에 성공한 것이다.

"봐요, 엄청 예쁘시잖아요? 회원님 정말 대단해요."

"저, 정말요?"

"네, 그럼요."

양추선은 행복했다. 다이어트를 포기하지 않고 도전하고, 감량했다는 사실이 너무 기뻤다.

지긋지긋했던 과거의 자신을 버린 것도 좋았지만, 그보다는 트레이너의 칭찬이 더 좋았다.

그녀는 이미 트레이너에게 사랑에 빠진 상태였다.

'그 사람은 내가 예쁘다고, 아름답다고 해 줬어. 그렇다면 나한테도 가능성이 있을지도 몰라. 어쩌면 연인이 될지도? 후후후!'

양추선은 살을 모조리 감량했는데도 헬스장을 꾸준히 다녔다. 트레이너를 만나기 위함이었다.

언제는 한 번 새벽 일찍 일어나, 집에서 정성스레 만든 도시락을 가지고 트레이너에게 가져다주었다.

그러자 트레이너는 상냥하게 웃으면서 말해 주었다.

"고마워요, 잘 먹을게요."

"네, 넷!"

트레이너가 기뻐하니, 나도 기뻤다.

트레이너가 배불러하니, 나도 배불렀다.

사랑하는 사람이 웃으니, 나도 웃었다.

사랑하는 사람이 행복해하니, 나도 행복했다.

모든 걸 가진 것 같았다.

불행했던 현실이 행복한 현실로 바뀌었다.

양추선은 의심치 않고 이 기쁨을 즐겼다.

허나.

불행하게도 그 행복은 오래가지 못했다.

양추선은 어느 날처럼 새벽 아침에 일찍 일어나 도시락을 준비하고 사랑하는 사람에게 전달해 주었다. 그리고 밤 늦게까지 운동하다가 폐점 시간에 그에게 인사를 하고 바깥에 나왔다.

"앗, 내 정신 좀 봐. 락커에 지갑을 두고 왔네."

트레이너를 보느라 너무 정신이 팔렸다. 그래서 깜빡하

고 지갑을 놓고 왔고, 다시 헬스장으로 돌아갔다.

그리고 문을 열고 다시 락커룸에 들어가서 지갑을 챙기고, 문을 열고 나가려는 순간 그렇게 사랑하고 믿던 트레이너가 회원 중에서 몸매도 좋고 얼굴도 예쁜 여자 회원과 껴안고 있는 것을 목격하게 됐다.

"저기, 오빠. 정말로 그 못생긴 회원 진짜로 예쁘다고 생각해?"

"못생긴 회원? 아, 양추선 씨?"

'무슨……?'

트레이너에게 자기 이름이 거론되자 양추선은 그 자리에서 석상처럼 굳어 몸을 움직이지 못했다.

"물론, 아주 아름답지."

"헐, 그거 진심이야?"

"그럼. 마음이 아름답다니까? 도시락 챙겨주고 내 배도 채워주고, 저번에 돈도 빌려달라니까 돈도 빌려주더라. 그뿐만이야? 그 여자 앞에서 어떤 것 좀 갖고 싶다고 하니까 냉큼 사주더라고. 하하하."

"뭐야, 깜짝 놀랐잖아. 난 또 오빠가 특이 취향인줄 알았지."

"나한테는 너뿐이야. 이리 와봐."

"잠깐……앗, 정말……후후후."

사랑은 거짓됐다.

희망은, 더럽게 얼룩진 절망이었다.

아무도 없는 헬스장에서 신음 소리를 들으면서 양추선은 귀를 틀어막고 입술을 깨물며 소리 없이 절규했다.

그 이튿날 그녀는 헬스장에 더 이상 나가지 않았다.

그렇게 아무런 빛도 희망도 보이지 않던 첫사랑은 사라졌다.

"그래, 그딴 남자에게 반한 내가 바보지. 이제 됐어."

양추선이라는 인간을 지탱하던 희망이자, 사랑은 절망으로 퇴색됐지만 그녀는 삶을 포기하지 않았다.

어떻게든 살기 위해서 발버둥 쳤다.

열심히 공부를 해서 수능을 보고, 재수 끝에 대한민국에서 나름 일류라 불리는 대학에 붙었다.

대학에 붙은 뒤에도 주변 사람들과 어울리지 않으며 무려 4년 동안 공부에 힘썼다. 공부만 한 덕분에 장학금을 꼬박꼬박 타가며 졸업할 수 있었다.

그뿐만이 아니다. 노력은 공부뿐만이 아니었다.

조금이라도 예뻐지기 위해서 미용에도 힘썼다. 피부에 맞는 화장품을 고르고, 매일매일 팩을 해 주고. 운동을 하면서 살이 찌는 걸 막았다. 소식도 몇 년을 반복하자 익숙해서 좋았다.

그리고 대학교를 졸업한 뒤에, 취업 전선에 뛰어들었다.

'응. 그래, 취업해서 돈을 벌자. 그리고 주먹코도 고치고 주근깨도 고치고, 예뻐지는 거야.'

양추선은 성형을 마음먹었다.

현대에 들어서, 특히 대한민국 사회는 성형 붐이라 할 정도로 성형을 한 여자들이 많았다. 양추선이 딱히 이상한 것은 아니었다.

그러나 양추선은 필기로는 붙었지만, 취업 면접 때 모조리 불합격했다.

"나중에 연락드리겠습니다."

"죄송합니다, 귀하께서는……."

"보다 좋은 회사에……."

남자, 여자 할 것 없이 면접인은 모두 자신의 얼굴을 보고 질린 기색을 보였다. 얼굴이 못생겼다고, 단지 그 이유만으로 떨어뜨린 것이다.

물론 외모를 전혀 보지 않는 회사도 있다.

아무리 현대에 들어서 심한 외모지상주의라고 해도, 전부가 다 외모를 따지는 건 아니었다.

그러나 양추선은 단순하게도 운이 없어도 너무 없었다.
그녀가 지원한 회사 대부분은 외모를 따졌다.

　"이봐요, 양추선 씨. 거울 좀 보고 사세요. 요새
　여성분들은 취업에서 외모가 딸리면 사비로 얼굴도
　고친다고요. 양심이 있으면 코나 눈 정도는 손대고
　보셔야지. 쯧쯧."
　"……."

그 말로 인해 양추선의 마음은 무너졌다.
그리고 무너진 마음은 점차, 점차 뒤틀리기 시작했다.
그녀는 방 안에 틀어박혀 술을 마시면서 중얼거렸다.
"난 예뻐. 지훈 씨도 나보고 예쁘다고 했어. 그래, 사람
들은 내가 너무 예뻐서 너무 부담스러운 거야. 그게 분명
해. 응. 후후후."
사람이 망가지는 건 정말 한순간이었다.
양추선은 세상에 절망하여 운동을 관두고, 인간관계를
피하고, 집 안에 틀어박혀 술과 음식을 먹으며 지냈다.
원래 살찌기가 쉬운 체질이었던 양추선은 금방 다시 과
거의 모습을 되찾기 시작했다.

"뭐야, 이 연예인. 엄청 추녀잖아. 죽어. 죽어. 죽어버려."

방 안에 박히니 할 일이라곤 인터넷밖에 없었다.

그 인터넷으로 여자 연예인이나 가수 등을 욕하면서 삶을 연명했다. 그렇게 차츰차츰 깨끗했던 마음도 더럽혀지기 일보 직전이었다.

그러던 어느 날.

그녀에게 인생을 송두리째 바꿀 수 있는 기회가 찾아왔다.

"앱……스……토어……?"

　　　　*　　　　*　　　　*

트랜센더스(Transcendence:超越)

－구분: 초능력(超能力)

－상품을 구입해 주셔서 감사합니다.

－본 상품은 인간의 신체적, 정신적 한계를 강제적으로 뛰어넘게 해 줄 수 있는 미지의 힘입니다.

－근력에 양에 상관없이 괴력을 내줄 수 있게 해 주며, 백미터를 5초 안에 주파할 수 있습니다. 그 외에도 육감을 활성

화해 주며, 반사 신경을 비롯한 모든 걸 상승시켜줍니다.

　－정신(Mental)은 보다 단단해지고 뛰어나지지만 그렇다고 지능 지수를 높여주는 것은 아닙니다. 어디까지나 마음이 강해지는 거지, 머리가 똑똑해지는 게 아니기에 괜한 헛짓거리를 하지 말아주세요.

　－가격 : 400,000,000

"4억. 널 이기기 위해서 4억짜리 상품을 샀다."

그의 시선 끝에는 주먹을 맞고 날아가 공장 구석에 오 미터가량의 크리에이터가 남겨진 흔적 밑, 바닥에 벌러덩 누워져 있는 양추선이 있었다.

양추선은 안 그래도 지방으로 부운 얼굴이 시퍼렇게 멍이 들어서 형체를 알아보기 힘들 정도로 부풀었고, 그뿐만 아니라 이빨이 몇 개 부러져 안 그래도 추한 얼굴이 흉물스럽게 변했다.

십 분 전, 그녀에게 상대가 되지 않아 도망쳤던 지우.

그는 그 시간 동안 가만히 있지 않았다.

어떻게 해서든 살 방법을 궁리했고, 그 고민은 생각보다 길지 않았다. 너무나도 단순한 해결책을 떠올렸다.

바로 그 자리에서 스마트폰을 뒤져서 긴급배송을 이용하

여 단 시간 만에 강해지는 방법을 말이다.

'평소에 아이 쇼핑을 해서 정말 다행이야. 그렇지 않았더라면 그 짧은 시간에 바로 구입할 수는 없었겠지.'

지우는 시간만 날 때면 스마트폰을 손에서 떨어뜨리지 않고 앱스토어를 꼼꼼히 살펴봤다.

대부분의 시간은 괜찮은 사업 상품을 찾는데 신경을 썼지만, 볼 게 없으면 혹시 모를 위험에 대비하여 초능력이나 무공 등도 훑어본 적 있었다.

덕분에 예전에 점찍었던 상품을 구입할 수 있었다.

물론 그로 인해 전 재산 대부분을 써버렸지만.

"학, 하악⋯⋯쿨럭! 자, 잠깐만. 잠깐만 기다려줘."

목숨의 위기를 느끼자 양추선은 겁먹은 얼굴로 몸을 파르르 떨면서 손바닥을 급히 펼쳤다.

그리고 아직 마지막 기력이 남았는지, 아니면 죽기 전에 발버둥 치려는 건지 모르겠지만 변신 능력으로 첫 만남 때처럼 독기를 머금은 듯한 미녀로 변했다.

"서, 설마 여자를 때리는 건 아니겠지?"

"이미 때렸는데."

"자, 자, 자, 잠깐만 기다려!"

양추선은 새파랗게 질린 얼굴로 말을 더듬었다. 목소리

는 공포로 질려 덜덜 떨렸다.

"아까까지는 내가 야수로 변해서 때린 거지? 그럼 이해할 수 있어. 어떻게 남자가 돼서 여자를 때릴 수 있어?"

"인간은 세 종류로 나뉘는 거 알고 있어? 남자, 여자, 쓰레기. 넌 그중 세 번째야."

지우는 주먹을 쥐락펴락했다. 그 얼굴엔 단 하나의 동정도 비쳐지지 않았다. 지금 당장이라도 양추선을 죽일 듯한 기세였다.

"그리고, 설사 여자라 해도 날 죽이려 한 사람을 미쳤다고 살려 둘까? 난 그런 멍청이도 아닐뿐더러, 호구도 아니야. 그렇다고 메시아도 아니지."

"으흐흐흑! 잠깐, 잠깐만 기다려줘. 부탁이야. 일단 내 이야기를 들어줘, 나에게도 사정이 있어."

양추선은 필사적으로 힘을 쥐어짜냈다. 그녀는 눈물을 뚝뚝 흘리면서 무릎을 꿇었다. 아름다운 머릿결은 이미 먼지로 가득했고, 복잡하게 엉켰다.

입가는 피로 범벅이고, 화려한 악세사리도 죄다 깨져서 조각으로 나뉘었다. 눈 밑에도 기미가 끼는 등의 도저히 보기 힘들 정도로 추레한 몰골이었다.

만약 일반인이 보았다면 그녀의 불쌍한 모습에 마음이

넘어갔겠지만, 지우는 보통 사람과는 달랐다.

"사정?"

"그래. 나는……."

양추선은 앱스토어를 사용하기 전, 불행했던 자신의 삶을 그에게 축약하여 이야기해 주었다.

"…….."

한 인간의 불쌍한 삶을 전해들은 지우는 말없이 바짓가랑이를 붙들고 있는 양추선을 말없이 내려다보았다.

"난 나쁘지 않아. 이 세상이 어딘가 잘못됐어. 난 아무것도 한 적 없어. 남에게 피해는 주지 않았어."

양추선은 비참할 정도로의 필사적인 어조로 말했다.

그녀의 말에 지우는 어떠한 감정도 보이지 않으면서, 차갑고 냉철한 어투로 물었다.

"너, 아까 전에 어떤 범죄로 돈을 벌었냐고 물었지? 그러면 내가 물을게. 넌 어떤 방법으로 돈을 벌었지?"

움찔.

양추선이 몸을 흠칫 떨면서 입을 헤 벌렸다. 그녀는 생각하는 것도 잊은 채 얼빠진 얼굴로 그를 올려다봤다.

그녀의 머릿속에는 앱스토어를 손에 쥔 이후, 수많은 범죄 행위가 스쳐 지나갔다.

"나, 나는……."

양추선은 차마 그 뒷말을 잇지 못했다.

인간뿐만 아니라 동물로 변신하게 해 주는 상품은 상당히 상위에 속했다. 당연히 비쌀 수밖에 없었다.

평범한 가정에 태어난 양추선은 애초에 꿈꾸던 성형을 하지 못한 이유도 돈이 없어서다.

당연히 대부분이 최소 천만 원 이상 가는 앱스토어의 상품을 살 수 있을 리 없다.

그래서 그녀는 쉽게 벌 수 있는 루트, 범죄에 손을 댔다.

양추선이 처음 고객이 된 기념으로 온 시용(試用) 상품은 단 열 번에 걸쳐서 사람에 한해 변신하게 해 주는 폴리모프 로션(Polymorph lotion)이었다.

폴리모프 로션은 사용법도 비교적 간단했다. 그냥 얼굴에 슥슥 문지르면 얼굴이 다른 사람으로 변했다.

그녀는 폴리모프 로션을 아주 잘 응용했다.

첫 범죄는 부자가 사는 청담동에서 일어났다.

으리으리한 저택을 예의 주시하다가, 가족 중 한 명으로 변신해서 제집마냥 들어갔다. 그리고 각종 귀금속을 훔쳐 달아났다.

원래 범죄는 한 번 하면, 두 번은 쉬운 법이었다.

시간이 갈수록 그 범죄는 대범해졌다.

양추선은 귀금속을 훔쳐 달아났던 집에 들어가서, 그 집에 사는 부인을 죽인 뒤에 차를 타고 도망가 야산에 묻었다. 그리고 그 부인으로 변신하여 정말 부잣집 귀부인 마냥 연기를 했다.

그다음으로 한 행동은 그 집의 모든 돈을 현금으로 빼서 자신의 원래 집에 숨겼고, 야밤에 불을 질러 일가족을 죽였다.

그 이후에는 쉬었다. 그 돈으로 횟수가 제한된 폴리모프 로션을 대신할 상품을 구입했고, 온갖 사치를 부리며 살았다.

과거의 기억을 떠올린 양추선의 눈동자는 물고기가 헤엄치는 마냥 크게 흔들렸다.

그녀는 한동안 말이 없다가, 이윽고 지우를 힘껏 밀어낸 뒤에 공장 출입구 쪽으로 기어갔다.

"네가 뭔데 날 심판해! 어느 누구도 날 심판할 권리는 없어!"

뻐꾸기는 스스로 둥지를 틀지 않는다.

멧새, 붉은 뺨 멧새, 노랑할미새, 알락할미새, 힝둥새, 종달새 등의 둥지에 알을 낳는다.

남의 둥지에 낳은 알을 가짜 어미가 품은 지 보통 10~12일이 지나면 부화하고 가짜 어미로부터 20~23일간 먹이를 받아먹은 뒤에 둥지를 떠난다.

또한, 뻐꾸기는 생각보다 더 잔인한 새인데, 이는 먼저 태어난 뻐꾸기가 둥지 안에 있는 다른 뻐꾸기의 새끼는 물론 진짜 어미의 알과 새끼까지 둥지 밖으로 떨어뜨려서 둥지를 독차지하기 때문이었다.

양추선이 바로 그 뻐꾸기와 같은 삶을 살았다.

"으흐흑. 지훈 씨, 어디예요? 어디 갔어요? 제가 아름답다고 했잖아요. 그럼 얼른 와서 절 구해달란 말이에요."

독기를 머금은 듯했지만, 그래도 매력적인 미모를 뽐내던 여자의 모습은 다시 사라졌다.

과거로 회귀하듯 살이 붙고, 원래의 양추선이 됐다.

얼굴에 한 화장은 눈물로 다 번져 무척 추하게 보였다.

"안 돼, 안 돼! 으흐흐흑! 사라지고 싶지 않아. 이대로 죽고 싶지 않다고!"

양추선은 거동도 하기 힘든 몸을 겨우겨우 이끌고, 차갑게 식은 콘크리트 바닥을 손가락으로 붙잡고 기어갔다.

지우는 그 광경을 차가운 얼굴로 바라보면서 말을 툭 내뱉었다.

"네 부탁대로 난 널 더 이상 건드리지 않을 거야."

"그, 그게 정말이야? 정말 날 죽이지 않⋯⋯어?"

양추선은 환희의 표정을 지었다가 입을 꾹 닫았다.

그녀는 처음으로 지우가 아니라 자신에게로 눈길을 돌렸다. 그리고 본인이 기어왔던 바닥을 뚫어지게 쳐다봤다.

바닥은 직선으로 길게 시뻘건 피로 가득했다. 고인 물이 생길 정도로 핏물로 범벅이었다.

"이게 뭐야⋯⋯."

천천히, 아주 천천히.

목을 힘겹게 아래로 내려서 복부를 살폈다. 애증이 얽혀 있던 살이 없었다. 아니, 그 수준이 아니라 배가 뚫려 있었다. 장기가 주르륵 내려왔다.

"안 돼! 이대로 죽을 수 없어. 부탁이야. 부탁이니까 엘릭서를 사 줘. 넌 앱스토어의 고객이잖아. 그러니까 상품을 사서 날 살려줘!"

"미안하지만 너랑 싸우느라 전 재산 대부분을 소비했어. 너무 나쁘게 생각하지는 마."

"거짓말! 거짓말이야! 너, 이대로 무사할 줄 알아? 동맹에서 널 가만두지 않을 거야!"

"⋯⋯."

"김오주우우우운—! 가아앙태애애구우우우—!"

'……김오준? 강태구……? 설마, 다른 고객의 이름!'

김오준, 강태구.

낯선 이름이었지만, 그의 머릿속에 확실히 각인됐다.

지금 같은 상황에서 동맹이 거론되며 저 이름이 들린다면, 싫어도 기억할 수밖에 없었다.

'사람이……저렇게까지 추락하나. 안타까워. 혹시라도 나도 저렇게 될까 무섭구나.'

그는 주머니에 손을 찔러 넣고, 양추선의 끝을 놓치지 않고 보았다.

피하지 않고, 머릿속에 집어넣으려는 듯 그 눈동자는 강렬했다.

어느 누구라도 저런 최후는 맞이하고 싶지는 않으니까.

"으흐흐흑……싫어, 싫어요. 엄마, 아빠……제가 잘못했으니까 제발 도와……주세요……."

생명의 불꽃이 사그라져갔다. 이윽고 양추선의 증오와, 분노. 그리고 삶에 대한 애착이 담긴 빛 또한 사그라지면서 이내 완전히 깨끗이 소멸했다.

호흡 소리 역시 눈빛과 함께 뚝 하고 끊겼다.

그리고.

"……!?"

정체불명의 변화가 시작했다. 아니, 그건 변화라고 칭하기엔 부족했다. 그건 소멸이었다.

생명을 잃은 육체는 하나하나 빛의 입자로 변해 갔다.

중력을 무시하듯 옷 조각이나 머리카락, 핏물 등이 허공으로 비산하면서 둥실둥실 떠올랐다.

머리로 이해할 수 없는 광경은 거기서 끝나지 않았다.

근육이, 지방이, 뼈가, 혈액이. 하나도 빠짐없이 양추선이라는 인간을 구성하는 모든 요소가 빛의 입자로 흩어지면서 어두운 공장을 밝혔다.

"대체……무슨 일이 일어난 거야?"

제11장

대학수학능력시험

호사유피인사유명(虎死留皮人死留名).

호랑이는 죽어서 가죽을 남기고 사람은 죽어서 이름을
남긴다.

정말 그 말대로, 양추선은 이름만 남기고 사라졌다.

그녀와의 싸움 도중 지우는 이대로라면 죽을지도 모른다
는 생각에 4억이나 하는 초능력, 트랜센더스를 이용해 일
격을 날렸다.

그리고 양추선은 치명상을 입고 그대로 절명했다.

문제는 그다음부터였다.

양추선은 어떠한 흔적도 남기지 못하고, 입고 있던 옷이나 장신구는 물론이고 육체 자체가 빛이 되어 소멸했다.

그 광경이 아직까지도 잊혀 지지 않았다.

'텔레포트처럼 공간이동을 한 건 아니야. 양추선은 분명히 죽었어. 숨도 쉬지 않았고, 맥박도 뛰지 않았지.'

트랜센더스는 인간의 한계를 뛰어넘은, 말 그대로 초월적인 힘을 가진 초능력이었다. 그 힘을 통해 발달된 청각으로 생사를 확인했었다.

하지만 그렇기에 더더욱 의문이 남는다.

'죽으면 사라진다. 그건 앱스토어의 고객의 운명인가? 아니면, 그녀가 구입한 어떠한 상품에 의한 영향일까.'

예전에 로드 커피의 비밀을 지키기 위해서 여러 상품을 둘러본 적이 있었다. 이차원고용을 발견하기 전, 영혼의 계약서라는 상품이 있었는데 그 상품의 조약 중에선 약속을 지키지 못하면 지옥에 끌려간다는 것이 있었다.

어쩌면 이와 같은 조항으로 인해 양추선이 빛의 입자로 변해 사라진 걸지도 모른다.

'모르겠어.'

추측은 할 수 있었지만 확신은 갖지 못했다.

앱스토어의 상품은 많아도 너무 많다.

지우는 하루가 멀다 하고 스마트폰 액정을 화면을 쳐다보지만, 앱스토어의 상품을 모두 알지 못했다.

'예를 들어 일정한 시간 때에만 나타나는 상품이라거나, 혹은 휴일에만 판매하는 상품이 있으니까. 그걸 확인하기엔 어려워. 어쩔 때는 인기가 없다고 판매 종료되는 상품도 있고.'

이런저런 이유 때문에 명확한 확신을 갖기가 힘들었다.

'할 수 없지. 급하게 알 필요는 없으니까, 나중으로 미루자.'

죽으면 사라진다는 것은 신경이 쓰이긴 하지만, 지금 당장 문제는 아니었다.

게다가 어차피 추측만 무성할 뿐이고, 진실을 알 방법이 없으니 굳이 집착할 필요는 없었다.

"그리고……."

그는 작게 중얼거리면서 눈을 게슴츠레 떴다.

"양추선……내가 죽여 버렸어."

마음이 저릿하고 아려왔다.

설사 정당방위였다고 해도 자신이 죽였다는 사실 만큼은 변하지 않는다. 잊으려야 잊을 수 없는 현실이다.

살인을 했다는 자각을 하자 얼굴이 보기 흉할 정도로 일

그러졌다. 이를 뿌드득 갈고, 주먹을 꽉 쥐었다.

마치 화살에 맞은 것처럼 가슴이 아파왔다. 지우는 가슴 팍을 쥐어 잡으며 괴로워하다가, 천천히 심호흡했다.

이윽고 10초도 되지 않아, 가슴에 자리 잡았던 아픔은 말끔히 사라지고 두통까지 유발하던 두뇌도 정상으로 돌아왔다.

"트랜센더스……정말 말 그대로 난 인간을 초월했는지 몰라."

사이코패스가 아닌 이상, 살인을 한 사람이라면 대부분의 사람들은 PTSD에 시달리기 마련이다.

PTSD란 외상 후 스트레스 장애(Post traumatic stress disorder)의 약자다.

주로 전쟁, 고문, 자연재해, 사고 등의 심각한 사건을 경험한 후 그 사건에 공포감을 느끼고 사건 후에도 고통을 느끼는 정신 질환이다. 그 영향은 일상생활에 지장이 될 정도다.

지우도 원래라면 사이코패스가 아닌 이상, PTSD나 혹은 그에 견주는 정신 질환에 걸려 괴로워했을 것이다.

'하지만 초능력 덕분인지 멘탈이 강해졌어. 내가 살인 때문에 죄책감과 공포에 시달리려고 하면, 초능력으로 인

해 강해진 멘탈이 그걸 막는다. 꼭 내 마음이 강철로 이루어져 있는 것 같아…….'

부작용이라고 부르긴 힘들지만, 어쩌면 부작용일지도 모르는 증세가 앱스토어를 사용한 이후로 찾아왔다.

멘탈 붕괴라는 현상도 그에게 더 이상 찾아오지 않는다.

어떤 충격적인 일이 벌어져도, 인간의 기준을 초월한 마음은 제자리를 잡고 감정적인 측면을 철저하게 배제한다.

하지만 그렇다고 정말로 정지우라는 인간이 감정까지 송두리째 빼앗긴 것은 아니었다.

트랜센더스는 어디까지나 인간의 마음에 해가 가는 충격을 빼앗을 뿐이다. 사랑을 못 한다거나, 화를 낼 수 없다거나 하는 감정 장애까지는 아니었다.

그러나 이게 참 애매하다.

즉, 이 말은 살인을 하는데 전혀 꺼림칙하지 않게 된다는 뜻이다. 사람을 죽여도 어떠한 감정도 느끼지 못하게 되니, 확실히 정상은 아니었다.

물론 그래서 트랜센더스라는 이름이 붙었겠지만.

'이런 나를 인간이라 할 수 있을까?'

*   *   *

대학수학능력시험장.

빙하타고 고등학교.

수능날인 만큼, 그 아침은 굉장히 혼잡했다.

어떤 학생은 경찰차나 바이크에 타고 등교하는 등 이날 만큼은 교통 상황이 굉장히 복잡했다. 수능 때문에 대다수 회사는 출근 시간까지 늦출 정도였다.

도로 위에 차로 가득한 건 물론이고, 대부분 학교 근처에는 수많은 사람들로 인산인해를 이루었다.

"아자, 아자! 장글고 고등학교 파이팅!"

"수녀시대 여고 선배님들 대박 기원 합니다!"

"할 수 있다! 할 수 있다! 수능 대박!"

학교 후배들로 추정되는 학생들이 플랜 카드를 걸고 열심히 응원하고 있었다.

그밖에도 교문 앞에선 부모님이나 친구들이 응원해 주는 등, 여러 진풍경이 펼쳐지고 있었다.

"지하야, 좋은 결과도 나쁜 결과도 아닌 원하는 결과를 내려무나."

그리고 가족 중에서 오늘의 주인공인 지하 또한 가족들의 응원을 받고 있었다.

"고마워요, 아빠."

수능 당일인데도 지하는 평소처럼 흔들림 없는 무표정으로 무덤덤하게 답했다.

"어쩜, 진짜 부녀가 이렇게까지 닮을 수 있니?"

어머니는 판박이처럼 똑같은 부녀 사이를 보면서 황당해했다.

근처의 가족들을 보면 다들 호들갑 떨거나 그러기 마련인데, 정작 아버지나 지하는 표정 변화 하나 없이 대화를 주고받는 모습을 보였다.

"로봇이야. 로봇. 둘이 좀 안고 웃고 그래요. 응?"

보다 못한 어머니가 두 부녀를 억지로 껴안게 했다.

어머니의 이끌림에 따라 두 부녀는 안았지만, 서로 무표정한 얼굴로 대화를 나눌 뿐 어떠한 모습도 보이지 않았다.

남들이 보면 정말 가족이 맞나 싶을 정도였다.

"에휴. 됐다, 됐어. 내가 포기했다."

결국 어머니도 두 손 두 발 들었다는 듯이 깊은 한숨을 내쉬었다.

"괜찮아. 아빠는 말 하지 않아도 무슨 말 하는지 알 수 있어."

"정말 못 말리네, 못 말려!"

"후후."

모녀는 서로 마주 보면서 옅게 웃었다. 지하와 마찬가지로 감정 표현이 서툰 아버지도 약간의 미소를 그려내면서 웃었다.

"지하야, 내가 저번에 줬던 부적은 가지고 있어?"

지우가 그 사이에 껴들어서 물었다.

뜬금없어 보일지 모르지만 그의 입장에선 아주 중요하다. 알다시피 천만 원이나 주고 산 부적은 그만큼의 가치를 하는 상품이다. 그게 있다면 적어도 터무니없는 실수는 저지르지 않는다.

오빠의 걱정 어린 물음에 지하는 대답 대신 주머니에서 수험부적을 꺼내 말없이 흔들었다.

"그거 저번에 지하한테 선물한 부적이지? 미신이라곤 쥐뿔도 안 믿는 내 아들도 여동생이 수능 본다니까 태도가 변하네."

어머니가 부적과 아들을 신기한 눈으로 몇 차례 쳐다봤다.

"그럼. 누구 동생인데."

지우는 웃음으로 어머니의 말에 대답하곤, 듬직하고 똑똑한 여동생과 눈을 맞춰 말을 이었다.

"수능 포기한 애가 옆에서 말 걸거나 행패 부리면 한 대 쳐버려."

"……오빠, 그런 일하면 내가 쫓겨나."

"하하하, 그럼 시험 힘내. 오늘만큼은 너만 생각하면서 응원할게."

"재수 없어."

험악한 말을 하면서도 미미하게 미소를 짓는 지하였다.

그 후, 지하는 미리 준비를 하기 위해 교문을 넘어 시험장 안으로 들어갔다.

그녀가 안보일 때까지 가족은 그 뒷모습을 한참 동안 좇다가, 어머니가 말을 꺼냄으로서 침묵이 깨졌다.

"잘 하겠지?"

아무리 딸이 믿음직스럽다고 해도 어머니로서 걱정이 되는 건 어쩔 수 없었다.

"우리 딸이잖아."

아버지가 웃는 얼굴로 답했다.

"맞아요, 엄마. 아버지 말대로 지하니까 걱정하실 필요 없어요."

"그렇겠지?"

"그럼요."

배정된 반, 배정된 좌석.

시험이 시작되기 십오 분 전.

지하는 책상에 앉아서 오빠가 전해 준 부적을 매만지면서 시간을 보냈다.

주변에 앉은 수험생들은 가지각색의 반응을 보인다.

일 교시 시험 과목의 공부를 하는 사람, 긴장 때문에 잠을 자지 못해 선잠을 치르는 사람. 그 외에도 자신처럼 멍하니 앉은 사람 등 정말 다양한 모습이었다.

'오빠가 수능을 본 게 엊그제 같았는데…….'

약 6년 전, 지하가 13세 때 즈음 일 것이다.

아직 중학교에 입학하지도 않고, 초등학생 고학년이었던 시절 오빠가 수험생이었다.

그때는 가족들끼리 난리도 아니었다. 부모님은 아무래도 오빠가 그다지 믿음직스럽지는 않았는지, 오빠가 수험장에 들어간 이후로도 걱정 어린 표정을 지우지 못했다.

그때만큼은 어떠한 일에도 표정을 잃지 않던 아빠조차도 좌불안석 불안한 모습을 보였다.

결과적으로 오빠는 다행히도 원하는 대학에 간 모양이었지만 정말 난리도 아니었다.

"후후."

과거의 추억을 회상한 지하는 자기도 모르게 옅은 웃음소리를 흘렸다.

'나도 바보가 아닐까. 이런 거나 믿고.'

오빠도 오빠지만 여동생인 정지하 역시 미신은 별로 믿지 않는 편이었다. 아니, 가족 중에서 어머니를 제외하곤 모두 불신하는 편이었다.

그러나 오빠가 건네준 부적만큼은 정말 신기해할 정도로 효험이 있었다.

부적을 선물로 받은 이후로는 정말로 공부할 때 만큼은 시간 개념조차도 잊을 정도로 집중할 수 있게 됐다.

공부 외에 별다른 잡념도 들지 않았고, 어려워하던 문제도 쑥쑥 풀어갔다. 집중이 잘됐을 뿐만 아니라 기억력조차도 향상된 기분이 들었다.

정말일지 아닐지는 지하도 확신이 가지 않았다.

하지만 비과학적인 건 결코 믿지 않으면서도 오빠가 건네준 것만큼은 이상할 정도로 왠지 모르게 믿음이 갔다.

신기할 따름이었다.

'고마워, 꼭 좋은 결과 낼게.'

　　　　　*　　　*　　　*

　지하가 수능을 보는 동안, 아버지와 어머니는 오랜만에 데이트를 즐기겠다며 거리로 나갔다.

　지우는 가족들과 지하가 시험이 끝날 시간에 맞춰서 만나자고 약속한 뒤에 구로 디지털 단지에 있는 본점으로 돌아가 님프를 만났다.

　"님프 씨, 물어볼 게 있어요. 괜찮다면 저를 위해서 시간 좀 비어주겠어요?"

　"널 위해 시간을 내주고 싶지는 않은데?"

　"돈 쥐어줄 테니까 어울려줘요."

　"돈을 위해서라면 시간정도야 언제든지 내줄 수 있지. 괜히 쓸데없이 헛짓거리하지 말고 그 말부터 해라, 인간."

　그런 님프를 보면서 어쩌면 그녀는 제법 자신과 닮은 사람, 아니 존재가 아닐까 싶었다.

　휴게실에 들어온 님프는 자리에 앉지 않고, 곧바로 냉장고로 달려가 문을 열었다. 그리고 캔 맥주 하나를 꺼내서 한 모금을 벌컥벌컥 마셨다.

　그 모습을 지우가 질겁한 반응을 보였다.

　"잠깐, 님프 씨. 설마 업무 중에 술을 마셨어요?"

"잠깐 쉬러 올 때만 마셔. 그리고 술 냄새는 마법으로 제거하니까 걱정 마. 나도 나름대로 프로야. 일할 때만큼은 손님에게 피해가 가지 않게 한다고."

"음…… 피해……."

기분이 좋지 않으면 손님에게 마구 욕설을 내뱉는 님프의 모습이 떠올랐다.

"그나저나 나를 부른 이유가 뭔지 얼른 말해. 혹시 내가 가르친 그 노래쟁이에게 무슨 문제라도 생겼나?"

윤소정은 어찌 보면 님프의 제자로도 볼 수 있지만 님프는 제자를 걱정한다는 등의 모습은 보이지 않았다.

그 증거로 술을 마시면서 심드렁한 표정으로 일관하고 있었으니까. 게다가 아직까지도 제자 이름을 헷갈려서 '인간 여자.'나 방금 전의 '노래쟁이' 등의 별명으로 종종 부르곤 했었다.

"님프 씨는 돌려서 말하는 걸 싫어하니 단도직입적으로 말하겠습니다. 혹시 앱스토어의 고객이 어떤 존재인지 가르쳐줄 수 있겠습니까?"

그는 님프의 맞은편에 앉아 잔뜩 굳은 표정을 지었다.

"저번에도 말했다시피 잘 몰라. 난 인간에 별로 관심이 없으니까. 그리고 설사 안다고 해도 요정계와 앱스토어와의 차원 계약상 발설이 금지되어 있어. 이건 다른 요정들도 마찬가지고."

"정보료는 따로 지원하겠습니다."

"나야 좋지만 정말로 발설할 수 없어. '비밀을 발설하면 죽는다.', 라는 개념이 아니야. 아예 말을 할 수가 없는 거야."

"그런가요……."

지우는 상당히 아쉬워했지만 더 이상 님프에게 고객에 대해서 질문을 하지 못했다.

님프는 조금 이상한 성격을 가진 요정이긴 해도 거짓말 만큼은 하지 않았다.

게다가 님프는 지우 본인만큼이나 돈에 환장한 요정이라서, 돈을 주어주겠다고 하는데도 말할 수 없다는 건 진짜라는 뜻이었다.

"그렇다면 앱스토어가 적어도 누가 만들었는지, 목적은 무엇인지는……."

"그건 누구나 아는 사실이지만, 역시 계약상의 연유로 말해 줄 수 없어. 설사 천륜이 무너지는 수준의 일이 있어서 말할 수 있다 해도 그럴 수 없어. 만약 그랬다간 관리자가 찾아오니까. 게다가 한국의 관리자는 그 '붉은 머리의 마녀'야. 그년과는 얼굴도 마주 보고 싶지 않아."

"대한민국 관리자, 붉은 머리의 마녀……."

지우는 님프를 처음 소환했을 때도 앱스토어에 대해서
여러 가지 질문을 한 적이 있었다.

방금 들은 붉은 머리의 마녀는 과거의 대화 속에서도 있
었다.

아는 바에 의하면 붉은 머리의 마녀는 대한민국 지부의
앱스토어를 운영하는 관리자인 모양이었다.

하지만 그뿐이었다. 님프처럼 요정인지 아닌지, 아니면
어떤 존재인지 등 그 밖의 정보를 알 수가 없었다.

다만 한 가지 확실한 것은 천하의 님프도 굉장히 껄끄러
워할 정도로 범상치 않은 존재라는 뜻이었다.

"자세한 건 말해 줄 수 없지만 붉은 머리의 마녀만큼은
조심해. 이건 그동안의 나에게 준 돈에 대한 정으로 말하는
거야."

지급해 준 돈에 대한 정이라니.

참 님프다운 말이었다.

"알아요. 저번에도 말씀해 주셨어요."

"더더욱 주의하라고 강조하는 거야. 네가 한국 지부의
고객이니 관리자와 아주 만나지 말라는 말은 아니야. 하지

만 적으로도 만들지 말고, 그렇다고 과하게 친해지려고도
하지 마. 중립을 지켜. 알았지?"

"네에……."

'대체 어떤 존재이기에 그러는 거지?'

궁금하지 않다면 그건 거짓말이다.

이렇게나 몇 번이나 강조하니, 관심이 없다 해도 궁금해
미칠 지경이었다.

'아니, 되도록 궁금해 하지 말자. 저 님프 씨가 조심하라
고 했어. 그렇다면 관여되지 않는 게 현명하다.'

호기심은 곧 판도라의 상자.

괜한 쓸데없는 궁금증 때문에 그 상자를 열었다간 온갖
재앙이 찾아올지 모른다.

"고마워요. 그 충고 똑똑히 새길게요."

님프는 맥주 한 캔을 다 마셨는지, 냉장고를 열어서 새로
맥주 한 캔을 더 꺼내면서 물었다.

"더 물어볼 건 없고?"

"네, 그럼 수고하세요."

"그래, 가라. 배웅은 나가지 않을 거야."

"알고 있어요."

지우는 님프에게 인사하고 본점에서 나왔다.

그가 나갈 때 뒤에서 다른 요정 직원들이 '사장님, 들어가세요.' 하고 인사를 하여 맞받아주기도 했다.

"아직 이른 시간인데……."

슬슬 배가 고플 점심시간이다. 지하의 시험이 끝나는 시간까지는 아직 넉넉하게 남았기에, 애매했다.

예전 같았으면 본점에 식객으로 있는 윤소정과 함께 밥이라도 먹었겠지만, 그녀는 이제 어엿한 가수로 성장하여 바쁜 일정을 소화하고 있으니 그럴 수도 없었다.

'……음. 큰일이야. 그냥 둬도 괜찮지만, 역시 이놈의 호기심 때문에 여유가 생기면 나도 모르게 조사하고 있단 말이야.'

그리스로마 신화에서 판도라가 괜히 상자를 연 게 아니다. 인간으로서 호기심이라는 감정은 정말 뗄래야 뗄 수 없는 감정이었다.

'……잠깐.'

답이 나오지 않으니 포기하려는 순간, 그의 머릿속으로 무언가가 번개같이 지나갔다.

'님프 씨의 말에 의하면 이차원의 존재는 계약상 때문에 말할 수 없다고 했지. 하지만 나와 같은 고객은 알고 있을 거 아니야? 내가 왜 이 생각을 못했지?'

너무 어렵게 생각했다.

님프의 말대로 이차원의 존재에게 물어볼 수 있다면 제약이 없는 같은 고객에게 물어보면 그만이다.

양추선만 해도 김오준이나 강태구 등 고객에 대한 정보를 부담 없이 말해 주었다.

물론 고객의 이름은 죽기 직전에 정신이 붕괴되어 외친 것이지만, 그 전에도 고객이 몇 명이 있는지 등은 제정신인 상태에서 얘기해 준 적이 있었다.

'양추선과 동맹 관계였던 고객에게 접근하기에는 아무래도 껄끄러워. 아마 지금쯤 두 고객은 세 명밖에 없는 동맹 중에서 한 명이 연락이 되지 않는 걸 눈치채고 경계하고 있을지 몰라. 한참 예민해 있을 때겠지.'

이러한 이유로 두 사람을 찾아가기는커녕, 당분간은 그들에 대해 조사할 것조차 부담스럽게 느껴졌다.

'양추선의 말에 의하면 살아 있는 고객은 이제 넷. 나, 그 두 명. 그리고……백고천. 사이비 교주가 아직 살아 있었어.'

백고천은 여러모로 지우에게 있어 특별한 사람이었다.

처음으로 본인 외에 앱스토어의 고객을 알게 됐으니까.

게다가 그에게서 노획한 상품, 파나세아를 가져간 것으

로 양추선을 부르게 됐다.

'원래는 죽이지 못해서 아쉬웠었는데…….'

트랜센더스를 얻은 직후, 그 영향으로 바뀐 생각 중 하나가 바로 백고천을 살려두고 감옥에 넣은 것이었다.

그때 당시의 지우는 백고천이 자신에게 위협이 될 것을 알고도 죽이지 않았다.

살인이라는 건 말처럼 정말 쉬운 것이 아니다.

아무리 백고천이 범죄자이고, 또한 원수 관계로 갔다 하여도 한 생명을 빼앗는 것은 쉽지 않은 일이다.

하지만 트랜센더스를 구입한 뒤로는 그 생각이 말끔히 사라졌다. 위험이 된다면 차라리 죽여 버리는 것이 좋다는 냉철한 생각을 하게 됐다.

'하지만, 나처럼 신규 고객에 속하는 백고천이 과연 내가 알고 싶어 하는 정보를 알까? 아니, 아마 모를 확률이 높겠지.'

만남 당시에 백고천은 지우를 처음으로 안 고객인 마냥 대했다. 게다가 양추선 역시 백고천을 별로 되지 않은 고객 마냥 대했다.

'그리고 위험 부담이 너무 많아. 백왕교 사건은 아직 구설수에 오르니까……젠장. 생각이 너무 많아서 미치겠네.'

지우는 미간을 손가락으로 꾹꾹 누르면서 옅게 한숨을 쉬었다. 어째 돈과 함께 한숨도 늘어버린 것 같다.

가똑!

"응?"

상념이 얽힌 실타래마냥 복잡하게 맞물려 있을 때, 그 상념을 깨뜨리는 소리가 청각을 건드렸다.

"누가 이 중요한 순간에 말을 걸고 그래? 짜증 나게 시리."

한참 생각 도중에 방해를 받아서 그런지 기분이 별로 좋지 않은 그는 불쾌한 기색을 대놓고 내보였다.

"쓸데없는 앱 홍보나 게임 초대라면 용서하지 않……어?"

앱스토어 알림
정지우 고객님께

"이건 또 뭐야?"

제12장

사랑합니다, 고객님

"서울특별시 강남구 역삼동 XXX—XX번지……."

지우는 미심쩍은 눈으로 고개를 기린 마냥 쭉 빼 들어 위를 올려다보았다.

"도시 한복판, 그것도 대로 한가운데 있네……여기에 정말로 앱스토어의 한국 지부가 있다고?"

불과 한 시간 전.

그에게 메시지 한 통이 왔다.

앱스토어 알림

정지우 고객님께

대한민국 지부

서울특별시 강남구 역삼동 XXX-XX번지 606호

오늘 방문 요망

문자로 온 것이 아니라, 스마트폰 앱의 알림으로 온 메시지였다.

내용은 꼴랑 오늘 방문해달라는 말밖에 없었다.

딱 봐도 수상쩍긴 했지만 발걸음을 옮길 수밖에 없었다.

일단 앱 자체에서 온 메시지라서 분명 앱스토어 쪽에서 자신을 부른 것이 분명했다.

미지의 영역에 속하는 앱스토어의 방문 요청은 위험한 냄새가 풀풀 풍겼지만, 불과 몇 시간 전에 님프와 대화하면서 앱스토어에 대해 궁금증을 보였기 때문에 그 호기심을 참을 수가 없었기 때문이었다.

그래서 주소를 검색해서 결국 왔는데, 장소가 정말 어이가 없었다.

"솔직히 앱스토어라고 해서 뭔가 산속이나 혹은 골목 깊은 곳의 수상한 곳을 생각했는데……강남역에서 고작 3분 거리밖에 안 되잖아."

농담 안 하고 강남역 출구에서 3분밖에 걸리지 않는 거리였다. 그것도 어떤 특이한 장소도 아니고, 그냥 대로 한복판에 있는 상가복합건물이었다.

앱스토어가 전세 낸 것도 아닌 것 같았다. 그냥 일반적인 상가가 들어서 있고 평범한 사람들이 오가고 있었다.

아직 점심시간이라서 그런지 회사원들이 서로 대화를 하면서 식당에 들어가거나 혹은 나오고 있었다.

"진짜 여기 맞아?"

주소를 비교해 봐도 도저히 믿을 수 없었다.

혹시 네비게이션 앱이 잘못됐나 싶어서 재차 확인하고, 또는 상가 건물 안으로 들어가 직원이나 경비로 보이는 사람에게 몇 번이나 물어 재확인도 했다.

하지만 앱스토어가 보내준 메시지에 적힌 주소는 이 장소가 맞았다.

"이, 일단 들어는 가보자…….''

그렇다고 이대로 있을 수는 없는 노릇이었는지라, 건물 안으로 들어가는 지우였다.

그는 엘리베이터를 타고 메시지대로 6층을 눌렀다.

참고로 엘리베이터에 같이 타는 사람들도 있었는데, 하나같이 평범한 사람들이었다.

정장 차림의 직장인이나 나이 든 노인이라거나 말이다.

지우는 매우 찜찜한 기색으로 6층에서 내렸다.

"진짜, 정말로 여기가 맞긴 한 거야?"

주변을 둘러보니 상가복합건물답게 여러 가게가 즐비해 있었다. 이비인후과 병원도 있었고, 미용뷰티 샵도 있다.

심지어 고소한 청국장 냄새가 나는 한식집도 있었다.

그 외에 ㈜가 붙은 회사의 이름도 보였다.

지우는 진짜로 여기가 맞나 몇 번이나 재차 확인했다. 그리고 복도를 따라서 끝에 도착했다.

606호에.

"미친."

문제의 606호 문 앞에 선 지우는 반사적으로 욕을 내뱉었다.

"앱스토어 한국지부……."

앱스토어는 일반인에게 공개할 만한 단체가 아니다.

비이상적인, 현실과 거리가 먼 판타지적인 곳이다.

그런데 그 문제의 앱스토어 한국지부가 떡하니 간판까지 내걸고 강남 한복판에 상가복합건물 중 하나를 사무실로 쓰고 있었다.

이해하려고 해도 도저히 이해가 가지 않았다.

"맞긴 맞는 것 같은데 말이야……."

두 눈으로 확인했는데도 지우는 문 앞에 어정쩡하게 서서 고심했다.

"끙. 그렇다고 가만히 있을 수는 없겠지."

결국 생각하기를 포기한 지우가 문 옆에 달린 벨을 꾸욱 눌렀다. 그러자 어렸을 때 본 아이스크림 봉고차 마냥 다소 촌스러운 멜로디가 울렸다.

—네, 누구세요.

멜로디가 뚝 하고 멈추면서 미성의 목소리가 반겼다.

"아, 저……다른 게 아니고요."

—아, 피자라면 그냥 문 앞에 두고 가세요. 결제는 온라인으로 이미 했으니까요.

"예?"

차마 따라가기 힘든 전개가 벌어졌다.

—괜찮으니까 그냥 놓고 가세요. 제가 알아서 가져갈게요. 소비자 신고도 안 걸어요.

"저……무슨 소리인지 모르겠는데요."

정말 어떻게 돌아가는지 알 수 없었다.

—피자 배달 아니에요?

"아닌데요."

─……그럼 누구세요?

'누구냐니! 날 부른 건 그쪽이잖아!'

왠지 모르게 화까지 날려했다.

"저, 정지우……?"

─어머, 정지우 고객님? 잠시만요. 문 열어드릴게요. 들어오세요!

삐리릭

앱스토어 주제에 현대 문명을 사용하는지 전자음과 함께 도어 락(door─lock)이 열리는 소리가 났다.

"아, 예. 실례 하겠습니다……."

묘하고 찝찝한 기분과 함께, 문을 열었다.

*　　　*　　　*

문을 열자마자 눈앞에 펼쳐진 광경에 지우는 더더욱 묘하고 괴상한 표정을 지었다.

문을 열기 전까지만 해도 혹시 무슨 아공간으로 구성된 건 아닐까 싶었는데, 안으로 들어오자마자 환상이 와장창 산산조각 났다.

사무실 크기는 제법 컸다. 평수로 따지면 30여 평 정도

됐다. 하지만 그뿐이었다.

이곳이 정말 앱스토어 한국지부가 맞나 싶은 의문이 들 정도로 인테리어가 너무 평범했기 때문이었다.

발이 닿자마자 늪에 빠진 것처럼 빨아드는 푹신푹신한 카펫은 고급스러워 보이지만 그 이상은 없었다.

어디에서나 볼 법한 카펫이었다.

그 외에도 벽지도 어떠한 무늬도 들어가지 않은 백지였고, 간간히 그림이 그려진 액자나 직소 퍼즐의 완성품이 걸려 있었다.

좌측에는 족히 수백 권은 될법한 책들이 꽂혀 있는 책장이 즐비해 있었고, 우측에는 다른 방으로 향하는 문 두 개가 놓여 있었다. 정수기도 있었다.

방 중앙에는 직사각형 탁자 하나와 블랙 컬러의 소파가 네 개가 놓여 있다.

그리고 방의 끝에는 길게 늘어진 사무실 책상과 그 위에 있는 LCD모니터가 보였다.

평범한 사무실.

어떠한 특이점도 볼 수 없는, 그냥 대한민국 회사에서 볼 법한 장소와 인테리어였다.

'어디 있지?'

눈살이 절로 찌푸려졌다.

사람을 들여보내놓고, 정작 사무실 주인은 안 보였다. 인기척 하나 느껴지지 않으니 꼭 귀신에게 홀린 기분이 들었다.

"어서 오세요, 정지우 고객님. 앱스토어의 한국지부에 오신 걸 진심으로 환영합니다."

미성의 목소리의 주인을 찾는 도중 옆 측에서 문이 열림과 동시에 문제의 목소리가 들려왔다.

지우는 목소리의 근원지를 찾기 위해서 몸을 돌렸다. 우측에 있던 두 개의 문 중 현관문과 가까운 문이 열렸다.

"……허어."

목소리의 주인을 본 지우는 흠칫 놀랐다.

그녀를 처음보자마자 느낀 생각은 그가 알고 있는 사람 중 제일 아름다운 님프만큼 미모가 제법 된다는 것이었다.

우선 허리까지 늘어뜨리고 불을 연상케 하는 적발을 가지고 있었으며—보면 빨려 들 것 같은 동공은 금색을 띠었다.

그 점을 빼면 눈은 대체적으로 큰 편이었고, 눈두덩이가 백인처럼 깊었다. 눈매 자체는 순하고 자애로운 느낌이 묻어났다.

전형적인 미인답게 오뚝한 콧날과 더불어 두툼한 입술을 가졌다.

화장을 전혀 하지 않았는데도 피부가 황인처럼 보들보들하여 마치 아기와도 같다.

턱 선은 유려하고, 성인 여성답게 젖살 하나 없다. 하지만 그렇다고 너무 살이 없는 건 아니었고, 적정량이 붙어 야위어보이지는 않았다.

하얗고 가느다란 목은 너무 가녀려 보여 손으로 잡으면 뚝 하고 부러질 것 같은 생각이 들었다.

옷차림은 깔끔한 와이셔츠 차림이었지만, 단추 서너 개를 풀었는지 큰 가슴이 모인 계곡이 보였다.

게다가 머리 위에는 중세의 마법사처럼 고깔모자를 쓰고 있어서 현대와 메르헨적인 차림을 뒤섞은 느낌이었다.

전체적으로 왠지 다가가기 힘든 신비로운 분위기와 더불어 범접할 수 없는 아우라 같은 것이 풍겼다.

그렇지만 신기하게도 위협적이지 않아보이진 않았다.

"……뱀?"

하지만 미모보다 더 충격적인 사실이 있었는데, 바로 그녀의 하반신이었다.

그녀에 대해서 단 한 가지 알 수 있다는 점은 바로 종족이었다.

허리 부근부터 시작해서 그 아래로는 인간의 다리나 허벅지가 아니라 섬뜩한 붉은색이 아니라, 은은하게 빛나고 예쁜 홍색을 띠는 비늘로 뒤덮여 있었다.

"아까는 실례했습니다. 피자를 주문했는지라, 피자 배달부인줄 알았거든요."

스르르륵.

미녀가 지우 쪽으로 다가가다가, 중앙에 위치한 소파로 향했다. 하반신을 끄는 소리가 들렸다.

아무래도 푹신한 카펫은 손님이 아니라 본인을 위해서 깔아둔 모양이다.

"자, 이쪽으로 앉아주시면 감사하겠습니다."

"아, 예……."

지우는 실례인 걸 알면서도 미녀의 하반신에 시선을 고정한 채, 그녀의 안내에 따라 맞은편 소파에 앉았다.

"만나서 반갑습니다, 정지우 고객님. 저는 앱스토어의 대한민국 지부의 관리자인 라미아라고 합니다."

'붉은 머리의 마녀!'

깍지를 낀 손가락에 힘이 잔뜩 들어갔다.

그 천하의 님프가 몇 번이나 강조하면서 경고했던 위험

인물. 굳이 물어보지 않아도 라미아의 머리색과 분위기를 보고 '붉은 머리의 마녀'라는 걸 알 수 있었다.

'한국 지부라는 말을 듣고 예상은 했지만……'

님프의 말에 의하면 붉은 머리의 마녀의 정체는 대한민국 지부의 관리자라고 했다.

앱스토어 측에서 이름은 밝히지 않았지만, 대한민국 지부로 불렸다는 건 그 장소에 곧 붉은 머리의 마녀가 있다는 말과도 같기에 그녀가 있을 거라곤 예상했었다.

"어머. 식은땀을 흘리시네요. 혹시 어디 아프신가요?"

라미아의 질문에 지우가 몸을 흠칫 떨었다.

전혀 느끼지 못했지만 피부 위에는 땀이 송골송골 맺혀 아래로 조금씩, 조금씩 뺨을 타고 흐르고 있었다.

그도 나름 긴장했다는 의미였다.

실제로 지우는 라미아에게서 공포를 느꼈다.

원래라면 트랜센더스 덕분에 설사 공포를 느낀다 하여도, 강해진 멘탈이 이를 배제하는 게 정상이다.

하지만 이상하게도 라미아 앞에선 그 공포가 비록 미약하긴 해도 사라지지가 않았다.

그만큼 라미아는 너무나도 이질적인 존재였다.

단순히 외모 때문이 아니다. 아름다움도 이미 님프 등 요정을 통해서 항상 눈으로 보고 있어서 익숙했고, 하반신이 뱀인 경우에도 조금 놀라긴 했지만 보다 추하고 무서운 외모를 가진 양추선 때문에 아무렇지 않았다.

문제는 본연의 몸에서 흘러나오는 분위기다.

'절대로 이길 수 없다. 아니, 싸울 의지조차가 생기지 않는다.'

꿀꺽.

침이 절로 넘어갔다.

꼭 정신이 강제적으로 지배되는 것처럼 라미아를 보면 그녀에게 무언가 위협을 가할 생각 자체를 할 수 없었다.

그는 자기도 모르는 감정, 미지(未知)로 인하여 공포를 느끼고 있었다.

"……괜찮습니다."

그는 진심으로 걱정 어린 시선을 피해 대답했다.

"고객님께 감정의 변화가 느껴지네요. 그럼 이거 한 잔 마셔보도록 하세요."

라미아는 엄지와 중지를 튕겨 '딱' 소리를 냈다.

소리가 나자마자 앞에 둔 직사각형 탁자가 빛이 나다 싶더니, 믿을 수 없는 현상이 벌어졌다.

방금 전까지는 분명 아무것도 없었는데, 어느새 허연 김이 모락모락 피어오르는 찻잔이 자리 잡고 있어서 그렇다.

"한 번 드셔보세요. 그럼 마음이 편안해질 거예요."

'뭐지?'

하지만 님프에게서 라미아에 대한 경고를 몇 번이나 들어서 그런지 덜컥 마시기에는 겁이 망설이게 됐다.

"그렇게 경계하지 마시고 한 번 마셔보세요. 그거 무척 귀한 거라구요?"

"……예에."

의심이 여전히 남아 있어 똥을 싸고 뒤를 안 닦은 것처럼 찝찝한 기분이었지만, 라미아가 권한 차를 거절하지는 않았다.

먼저 손으로 차의 온도를 대충 가늠은 뒤, 찻잔에 천천히 입을 대어 한 모금 마셨다.

"이건……."

한 모금 마시자마자 지우는 놀란 듯 눈을 휘둥그레 떴다.

차의 맛이 예사롭지가 않았다.

예전에 마법의 커피 머신으로 처음 시음한 것처럼 감동이 폭풍우가 되어 휘몰아쳤다.

꼭 어머니의 뱃속에 있는 태아마냥, 몸이 절로 웅크려지고 주변이 따뜻해졌다. 마음도 편안해지고 머릿속도 깨끗하게 정리되어 맑아진 느낌이다.

온몸을 경직시켰던 긴장도 눈 녹듯이 사라졌고, 불안감과 경계. 그리고 미지에 대한 공포도 말끔히 사라졌다.

단순히 맛있다는 수준뿐만 아니라, 인간의 정신 체계 자체를 송두리째 치료해 주는 기분이었다.

변태적인 표현이긴 하지만 남자가 사정할 때, 하늘에 붕 뜬 기분을 느낄 수 있다. 지우는 현재 그것과 비슷하게 약간의 황홀을 느꼈다.

"세계수(世界樹)의 잎으로 우려낸 차예요. 머리가 상쾌해지고 부정적인 감정을 몰아내주죠. 게다가 정신적 피로, 육체적 피로 모두 사라졌죠?"

"아, 예. 정말이네요. 이건 꽤 신기한데요."

방금 전까지 주변을 둘러보면서, 눈동자만 굴려대던 지우는 정말로 편안하고 밝은 기색을 보였다.

그러자 라미아는 눈웃음을 지으면서 상냥한 목소리로 조곤조곤 알아듣기 쉽도록 설명했다.

"이미 세 번 우려내서 마력 상승효과나, 정령과의 친화력 상승효과, 그리고 불로(不老) 효과 등등은 없지만 그래도 온갖 피로를 회복시켜주고, 특히 마음을 편안하게 만들어줘요."

"헉, 그럼 이거 귀한 거 아닌가요?"

"네, 대한민국의 돈 가치로 따지자면 5억 정도 하죠. 다른 비슷한 상품이 앱스토어에서 싸게 팔고 있긴 하지만, 세계수의 잎은 구할 수 없는 상품인지라 가치가 더 높거든요."

"헐……."

대략 정신이 멍해지는 가격이었다.

불로가 껴있으면 모를까, 단순히 마음을 편안하게 해 주고 머릿속이 맑아지게 하는 효능만으로 5억이라니!

"이거 구하느라 고생 좀 했답니다. 세계수는 요정왕이 관리하고 있어서 잎 하나 따오기 힘들거든요."

라미아는 자부심 섞인 미소를 흘리며 두 어깨를 쫙 폈다. 그러자 단추가 풀려, 안 그래도 섹시미가 넘치는 가슴이 강조되면서 눈을 어디다 둘지가 곤란했다.

"저도 아껴 마시는 거지만, 정지우 고객님을 위해서 특별히 준비했어요."

"저요……?"

"네, 정지우 고객님께서 방문하셨으니까요."

'아차!'

그제야 자기가 어떤 장소에 왔는지 자각하게 됐다.

'확실히 님프 씨 말대로 조심해야 할지 모른다. 저 세계수의 잎인가 뭐 때문에 경계고 긴장이고 뭐고 사라졌어.'

정신을 차리고 보니 라미아와 시시콜콜한 대화를 나누면서 시간을 때우고 있었다.

현관문 앞에서 벨을 누르기 전만 해도 정신을 똑바로 차리고 상대의 페이스에 말려들지 말자고 다짐도 했으나, 생각하기는커녕 아예 잊어먹고 있었다.

"정확히는 관리자 분께서 절 부르시지 않았습니까?"

세계수의 잎의 영향은 아직 남아 있었지만, 지우는 트랜센더스를 통해서 제정신을 가까스로 찾으며 똑바로 차렸다. 이럴 때야말로 이 초능력이 필요했다.

"네, 맞습니다. 정지우 고객님께 간단한 전달사항이 있었기 때문이죠."

"전달사항?"

"네, 전달사항. 하지만 그 전에 미리 말씀드릴 게 있습니다. 현재 정지우 고객님께서 고용하신 님프 씨께서 저에 대해서 말했죠?"

"윽."

정곡이 찔린 얼굴로 흠칫 하고 놀란 지우였다.

라미아는 그의 귀여운 반응에 후후, 옅은 웃음소리를 흘리면서 괜찮다는 어조로 말을 이었다.

"그렇게까지 너무 경계할 필요 없어요. 저희 상품을 애용하시는 고객 분을 어떻게 함부로 대할 수 있겠어요."

'충분히 가능할 만한데.'

라미아에게 미안한 말이지만 앱스토어는 알 수 없는 동네이기에 더더욱 신뢰를 할 수 없었다.

돈에 환장한 지우조차도 혀를 내두를 정도로 돈을 위해서라면 뭐든지 하는 곳이 앱스토어다. 불길하다는 인상 자체를 지울 수 없는 곳이기도 하고 말이다.

"저런, 아직도 의심하시고 계시네요. 자꾸 그러시면 아무리 저라도 상처 받는걸요."

라미아는 뺨에 바람을 잔뜩 불어넣고 얼굴을 부풀렸다.

이와 중에 그런 라미아가 귀엽다고 느낀 지우였다.

자고로 남자란 미녀 앞에 장사 없다.

"……잠깐. 그런데 라미아 씨는 그 사실을 어떻게 아셨죠?"

큰 경계 때문에 넘어갈 뻔했지만, 결코 놓쳐서는 안 되는 진실이 숨어 있었다.

앱스토어의 메시지로 대화를 나누었다면 해킹 등 여러 가지 방법이 있으니 알 수 있을 법 했지만, 그는 주로 님프와 직접적인 대화를 통해 이야기를 했다.

그걸 어떻게 알았는지가 의문이었다.

"그 질문에 대한 답변을 이제부터 해드릴게요. 일단, 그 전에 우선 고객님께서는 저에 대한 오해를 풀어주셨으면 해요."

"오해?"

"네, 오해."

라미아는 고개를 끄덕였다.

"혹시 알베리히라는 이름을 알고 있나요?"

"알베리히……?"

처음 듣는 이름이었다.

"모르시는 모양이군요. 그럼 요정왕은 들어보신 적이 있으신가요?"

"네, 그건 님프 씨에게 들어서 알고 있어요. 호칭 그대로 요정족의 우두머리가 맞죠?"

"맞아요. 요정왕의 이름이 알베리히거든요. 그래서 그에 관한 이야기인데, 사실 제가 요정왕과 사이가 그다지 좋지 않거든요."

"사이가 안 좋다니……?"

솔직히 앱스토어의 관리자라 하면 감정 따윈 뒤로 제쳐

두고, 시스템적인 존재라 생각했다.

하지만 생각과 달리 인격도 가지고 있고, 그로 인해 성격 차이로 싸우기도 하는 모양이었다.

라미아는 쓴웃음을 흘리며 그의 호기심에 순순히 답해 줬다.

"자세히는 말할 수 없지만, 과거에 요정왕과 마찰한 적이 있었어요. 전 그를 딱히 싫어하는 건 아니지만, 요정왕이 절 안 좋게 생각해서요. 그래서 그 영향이 요정계 전체로 퍼져서 요정족 대부분이 절 안 좋게 보고 있어요."

'정말일까?'

라미아의 말이 진짜냐, 거짓이냐가 문제였다.

솔직히 처음 만난 사람이자, 불길과 음모의 결정체인 앱스토어의 관리자보다는 그래도 제법 오랫동안 함께 일한 님프에게 더 신뢰가 갔다.

"조금은 저희를 믿어 주셨으면 해요. 저희 상품을 애용해 주시는 고객들은 국내에서도 몇 없는 걸요. 저희는 고객분들을 항상 소중하게 생각하고 있기 때문에 괜히 오해 때문에 사이가 나빠지기를 원하고 있지 않습니다."

"……알겠습니다."

'진짜인지 아닌지는 몰라. 하지만 여기서 괜히 적의를

보일 필요는 없어. 님프 씨는 이 붉은 머리의 마녀를 적으로 돌리는 것 또한 피하라 했으니까.'

님프는 라미와의 관계를 철저한 중립을 유지하라 했다.

그렇다면 적으로 돌려도 좋지 않다는 뜻이었다.

라미아가 이렇게까지 자존심을 굽히며 부탁하니, 그녀의 말 정도는 조금 믿어주기로 했다.

"휴우, 천만다행이네요. 그럼 오해도 풀렸으니 다시 본론으로 돌아가 볼까요."

라미아가 가슴에 손을 올려놓고 숨을 돌린 듯 후련한 미소를 지어 보였다.

"고객님께 전달할 사항 중 하나는 바로 등급 조정입니다."

"등급……?"

지우는 의문이 묻어나는 눈빛을 보였다.

"앱스토어를 이용해 주시는 고객님들께서는 세 가지 등급으로 나뉘어져 있습니다. 제일 아래 등급인 로우(low)와 그 위의 단계인 미들(middle). 마지막으로 하이(high)가 있지요."

이건 또 새로운 사실이었다. 드디어 수수께끼로 둘러싸여 있던 앱스토어의 비밀을 알게 됐다.

"등급이라……대충 알겠네요. 그거, 돈 많이 쓴 사람에 따라 나뉘어져 있는 거죠?"

"어머, 잘 알고 계시네요."

'VIP고객이란 느낌이잖아.'

홈쇼핑에서 자주 보는 시스템이다.

한 쇼핑 사이트를 자주 이용하고, 제법 많은 돈을 투자하여 상품을 구입했다면 등급이 오르면서 여러 가지 혜택을 가질 수 있게 된다.

예를 들어 할인 쿠폰이라거나, 혹은 영화 권람권. 또는 배송을 높은 순위로 올려준다는 등이 있기 마련이었다.

앱스토어 또한 파는 상품이 비상식적이어서 그렇지, 일단 시스템은 현대에 알려진 일반적인 홈쇼핑과 소름 끼칠 정도로 똑같았다.

"로우 등급에서 미들 등급으로 오르는 건 그다지 어렵지 않습니다. 앱스토어에서 약 100억 상당의 상품을 가지고 있으시면 됩니다."

"컥!"

백억!

정말 비현실적인 가격에 입이 떡 벌어졌다. 아무리 그래도 그렇지, 하위 등급에서 중간 단계로 오르는데 무려 백억을 투자해야 한다니 너무하다 싶었다.

"잠깐, 그런데 라미아씨는 저를 등급 조정일로 부르셨다고 하셨죠? 하지만 전 아직 그 정도 돈을 쓰지 않았는데요."

지금까지 산 상품은 5억을 약간 넘을 뿐, 그 이상은 되지 않는다. 백억은커녕 아직 십억조차 쓰지 못했다.

그러자 라미아는 예의 웃는 얼굴로 검지를 피곤 천천히 흔들었다.

"물론 정지우 고객님께서는 아직 백억 정도의 상품을 구매하시지 않았죠. 하지만, 전 어디까지나 백억 상당의 상품을 '가지고 있어야 한다.' 라고 말했습니다만?"

"백억……아."

지우의 표정이 다시 딱딱하게 굳었다.

그는 몸을 살짝 떨고 안절부절하지 못한 모습을 보였다. 눈동자를 굴리고, 식은땀을 다시 흘렸다.

마음 깊숙한 곳에서 불안감이 다시 스멀스멀 피어올라 화려하게 개화했다.

"그렇습니다. 정지우 고객님께서는 정확히 300억 원이나 하는 '파나세아'를 소유하고 있기 때문입니다. 그렇기에 등급 조정의 조건을 채우신 거죠."

'님프뿐만이 아니었어! 나에 대해 모든 걸 알고 있다!'

소름이, 끼쳤다.

등줄기를 훑고 지나간 무언가가 온몸에서 전해졌다. 몸이 절로 파르르 떨릴 정도로 오싹한 기분이 떠날 생각을 하지 않았다.

지우는 침을 꿀꺽 삼키고, 눈을 껌뻑이면서 아무 말도 하지 못하고 모든 것을 지켜보고 있던 금색의 눈동자를 차마 마주볼 수 없었다.

"호호호! 고객님 너무 긴장하셨다."

그리고 그 긴장을 깬 건 라미아의 웃음소리였다.

"고객님, 전 딱히 정지우 고객님께서 백고천 고객에게 파나세아를 왜 빼앗았냐고 추궁하는 게 아니에요."

라미아는 푹신푹신한 소파에 등을 기대고, 고사리처럼 가늘은 손목을 까딱였다.

이내 정체불명의 물리력이 발현하여 탁자 위에 올려 둔 찻잔이 두둥실 떠올라 그녀의 손안으로 들어왔다.

라미아는 차를 한 모금 마시더니, 눈을 게슴츠레 떴다.

"상품을 판다는 행위는 그 상품의 소유권 또한 고객에게 넘긴다는 뜻입니다. 그걸 잃어버리건, 누군가에게 도둑맞건, 선행에 쓰건 악행에 쓰건 저희는 관여하지 않아요."

"그렇다는 건······?"

"만약에 정지우 고객님이 값비싼 다이아몬드가 박힌 반지를 구입했다고 쳐볼까요. 어머나, 그런데 그만 집에 가는 길에 반지를 잃어버렸습니다. 혹은 강도를 만나서 빼앗겼다거나. 그럼 고객님은 다이아몬드를 구입한 상점에 돌아가서 책임을 물을 생각이신가요?"

"그건 아니지만······."

"정지우 고객님. 앱스토어는 고객 분들을 모두 소중히 생각하며, 나쁜 관계로 지낼 생각이 없습니다. 하지만 그렇다고 고객들끼리 싸우지 말라는 소리는 하지 않았습니다."

라미아에게 한소리를 들은 지우는 입을 다물고 가만히 있었다. 그리고 라미아가 다시 차를 한 모금 마실 때, 다시 입을 열어 말을 꺼냈다.

"······설마, 그렇다는 건 고객 사이에 살인도 허용한다는 뜻입니까?"

"어휴, 뭘 그렇게 받아들이고 그러세요. 웬만하면 몇 없는 고객 분들끼리 사이좋게 지냈으면 하는 뜻이죠. 어떻게 사람이 안 싸우고 살겠어요?"

라미아는 꺄르르 웃으면서 청승맞게 손바닥을 흔들었다.

'이 여자, 말은 잘 포장했지만 살인을 하지 말라는 이야

기는 하지 않았어.'

이제야 님프가 무슨 의도로 경고했는지 조금은 알 수 있을 것 같았다.

'위험한 사람, 아니 위험한 여자다.'

하반신만 봐도 사람이 아닌 걸 알 수 있다.

"뭐, 여하튼 저희는 고객님들의 생활과 자유 의지를 존중하는 바입니다."

"그러다가 저나 다른 고개들이 상품을 이용하여 세계를 멸망시키거나, 그에 준하는 행동을 하면 어쩌시려는 겁니까."

"그런 상품이 없는 건 아닌데……값이 제법 나가요. 찾아드릴까요?"

"……아니요. 됐습니다."

지우는 질린 얼굴로 머리를 좌우로 절레절레 흔들었다.

이 사람 앞에선 농담도 마음대로 할 수 없었다.

"뭐, 어쨌거나 본론으로 다시 돌아가자면 로우 등급에서 미들 등급으로 오르시면 여러 혜택이 있어요. 그중 하나가 바로 상품 외에도 '정보'를 구입할 수 있다는 겁니다."

"정보요?"

"네. 예를 들어서 국내에 앱스토어를 이용하는 고객이

얼마나 있다거나 하는 정보를 구입할 수 있답니다."

"……그래서 저에 대해서 그리 잘 알고 있었군요."

새롭게 안 앱스토어의 비밀 중 하나.

아니, 이젠 비밀이라고 할 것까지도 없다.

앱스토어는 마치 신인 마냥 고객의 인력 사항은 물론이고 사생활까지 다 알 수 있는 방법을 지니고 있는 듯했다.

"사생활 침해 수준 아닌가요. 이거야 뭔 인권 단체에 알릴 수도 없고……."

"방법이 없는 건 아니에요. 앱스토어는 고객님을 존중하니까요. 정보 제한 접근을 걸어 두시면 타 고객은 볼 수 없게 됩니다."

"그런 방법이 있나요?"

"네. 10억 정도 주시면 본인보다 낮거나 같은 등급의 고객이 정보를 구입하는 건 막을 수 있어요. 물론 정보를 구입할 수 있는 권한 자체는 미들 등급부터지만, 로우 등급이라 하여도 정보를 알 수 있는 상품 등이 있으니 그것까지 제한할 수 있거든요."

'아주 그냥 진짜 돈에 환장했네.'

앱스토어의 손속에 절로 혀를 내두르게 됐다.

"그럼 앱스토어 자체에서 고객에 대해 아는 정보는 알

수 없다는 뜻이죠?"

타인이 자신에 대해 알고 있는 것도 불쾌하지만, 일단 앱
스토어 자체가 자신을 주시하는 것이 마음에 들지 않았다.

"왜 안 되겠어요? 10조 달러 정도 지불하신다면 앱스토
어 쪽에서도 고객님을 주시하지 않습니다."

"……하아아아."

정말 길고, 깊게 한숨을 내쉬는 지우였다.

"그럼 두 번째 혜택, 기초 정보 전달은 이걸로 끝내겠습
니다."

"예?"

라미아의 말에 그는 얼굴을 쓰레기처럼 일그러뜨렸다.

"앱스토어에 대한 것도 '정보' 입니다. 몇몇 기초 지식을
제외하곤 당연히 정보에 속하기 때문에 알고 싶으시다면
일정 금액을 지불하셔야 해요. 그리고 방금 가르쳐 준 몇몇
기초 지식은 미들 등급의 혜택 중 하나로, 무료로 가르쳐드
린 것뿐이고요."

"끄응."

미간을 꾹꾹 누르면서 앓는 소리를 하는 지우였다.

이래선 앱스토어가 완전히 갑의 위치였다.

"세 번째 혜택 중 하나는 바로 앱스토어의 지점 방문입

니다."

"지점 방문?"

"네. 원래라면 로우 등급은 이번처럼 초대가 아니면 방문을 불허합니다. 원래 이 사무실은 지구처럼 물질계가 아니라서, 평소에는 다른 차원에 위치해 있습니다. 하지만 이번 방문을 위해서 강남 아무 빌딩에 잠시 공간을 빌렸을 뿐이죠."

'이건 완전히 판타지로구만.'

예전부터 이미 판타지였지만 말이다.

"어쨌거나, 미들 등급에 오른 고객님께서 앞으로 정보를 구입하기 위해서 방문하시려면 앱스토어의 '방문' 목록을 누른 뒤에 아무 문이나 여시면 됩니다. 권한이 오르셨으니 이제 확인하실 수 있으실 거예요."

라미아의 말을 듣자마자 그는 주머니에 넣어 둔 스마트폰을 꺼내서 앱을 확인했다.

하루에 수십 번이나 봤던 앱스토어 였기에 해매지 않고 곧장 찾을 수 있을 줄 알았다.

"응? 없는데요?"

그렇지만 아무리 찾아봐도 방문 목록이란 것은 보이지 않았다.

"아, 실수했네요. 미들 등급 전용으로 업데이트를 아직 안하셨군요. 그거 대용량이라서 밖에 나가셔서 와이파이로 다운로드 하셔야 해요."

"……판타지인 주제에 쓸데없는 부분에서 묘하게 현실적이네요."

어이가 없어서 헛웃음이 절로 나올 정도였다.

"인류가 재현한 전자 통신이나 과학만큼은 저희 앱스토어도 즐겨 쓰는 편이에요. 마법이나 신성술법 만큼 편한 걸 안 쓰는 건 바보 같은 행위죠."

"그것도 그러네요."

그 부분에는 동감하는지 지우도 머리를 끄덕였다.

"미들 등급에 대한 혜택은 이걸로 끝내겠습니다. 앞으로 궁금한 것이 있으면 금액을 지불하시면 됩니다."

"알겠습니다. 그런데, 만약 미들 등급의 고객끼리 싸우다가 방문 목록을 이용해서 여기로 도망치면 어쩌죠? 이곳에서 싸워도 괜찮나요?"

"1억입니다."

라미아가 손바닥을 내밀었다.

"에휴우. 내가 말을 말지……."

한숨을 쉴 때마다 행복 하나가 날아간다는 말이 있다.

만약 그게 진실이라면 지우는 오늘만 해도 열 가지가 넘는 행복을 날린 수준만큼의 한숨을 재 차례 내쉬면서 자리에서 일어났다.

"그럼 전 이만 가 보겠습니다. 이 이상 미들 등급에 대해서 가르쳐 주실 기초 지식은 없는 거죠?"

"네, 그렇습니다만……이번엔 제가 고객님께 개인적인 질문이 있습니다."

"1억입니다."

불과 30초 전에 한 라미아의 말을 토씨하나 틀리지 않고 흉내 낸 그는 라미아를 향해 손바닥을 내밀었다.

그러자 라미아는 가볍게 손뼉을 치면서 생긋 웃었다.

"괜찮은 센스를 가지고 계시네요. 좋습니다. 고객님께서 방문을 나가시면 질문의 가치를 치르도록 하겠습니다."

"물어보세요."

자리에 일어나, 현관문 앞까지 간 그는 몸을 돌려서 이번엔 그녀의 금안을 피하지 않고 마주 보았다.

"혹시 고객님도 응암동에 살고 계시나요?"

"아, 예. 그런데요……저에 대해서 다 알고 있는 거 아니었어요?"

솔직히 뭔가 충격적인 질문이라도 하는 줄 알았는데, 핑

장히 뜬금없이 거주 지역을 물으니 정말 뜬금없었다.

　게다가 앱스토어는 고객을 예의 주시하고 있으니 사는 장소 정도는 알고 있을 터, 왜 그걸 물어봤는지 이해가 가지 않았다.

　"알고는 있었지만 정말 거기 사는구나……. 무슨 놈의 동네가 마굴(魔窟)도 아니고, 세 명씩이나……."

　라미아가 모기만 한 목소리로 중얼거렸다.

　"네?"

　"아니에요. 두 번째 질문입니다. 정지우 고객님. 당신에게 돈은 무엇입니까?"

　"첫 번째 질문은 정말 뜬금없더니만, 그다음 질문은 말문이 턱 막히는 질문을 하시네요."

　지우는 쓰게 웃으면서 뒤통수를 긁적였다. 그는 팔짱을 낀 채로 잠시 고민에 빠져 으음 하고 침음을 흘리곤.

　"행복해지기 위한……수단이 아닐까요?"

　"그렇습니까. 그 신념 부디 변치 않으시길 바랍니다. 그럼, 나중의 만남을 기약하며 인사드리겠습니다."

　라미아는 소파에서 일어나 그를 향해 허리를 구십 도로 숙여 예의 바르게 인사했다.

　"네, 그럼 수고하세요."

강남의 빌딩을 뒤로 한 채로 지우는 대로를 걸었다.

시간을 확인하니 아직 시험이 끝나기에는 세 시간 정도 남았다. 시험장까지 한 시간밖에 걸리진 않지만, 혹시 모르니 미리 가 있는 편이 좋았다.

'이로서 내가 위험한 상황이라는 걸 알게 됐어. 김오준이나 강태구. 그 두 명도 어쩌면 나와 같은 미들 등급일지도 모르고, 나에 대한 정보를 이미 알고 있을지도 모르지.'

하지만 양추선의 말에 의하면 그 둘도 앱스토어를 사업이라기보다는 다른 용도로 썼을지도 모른다.

만약 그렇다면 재산이 별로 없을 지도 모르고, 돈이 부족하다면 한 가지 질문에 일억이나 빠지는 정보를 구입하지 않고 있을지도 몰랐다.

그러나 안심할 수는 없었다. 이건 어디까지나 추측이고 확률적인 '만약'의 경우다. 그 둘이 이미 자신에 대해서 아주 잘 알고 있을지도 모른다.

'이로서 돈을 더 빨리 모아야할 이유가 늘었구나. 마음 같아선 라미아에게 앱스토어의 목적이라거나 그런 것들을 묻고 싶었는데 어쩔 수 없지. 돈을 모아서 나중에 물어보고, 일단 다른 고객에 대한 정보부터 모아야겠어.'

위험한 건 딱 질색이다. 가능하면 위험 요소를 모두 배제하고 마음 편안히 두 발 뻗고 자고 싶었다.

'그리고 여러모로 문제도 되고, 도움도 됐던 파나세아. 이건 어떻게 처리해야 할까?'

백고천은 이미 원수 관계가 되었으니 그렇다 쳐도, 남은 두 고객 또한 양추선처럼 파나세아를 욕심내어 찾아올지도 모른다. 그렇다면 이걸 처리하는 편이 낫긴 했지만, 그러고 싶지는 않았다.

파나세아는 엘릭서 정도의 가치를 하는 상품을 자율적으로 제조할 수 있다.

만약 가족을 비롯하여 소중한 사람이 크게 다치거나 하면 돈이 없는 상태여도 파나세아가 있다면 치료할 수 있었다. 그런 보물을 넘기고 싶을 생각은 없다.

'그래. 이건 그대로 가지고 있자. 언젠가 쓸 일이 있겠지.'

*　　*　　*

빙하타고 고등학교.

쌀쌀하고 매서운 칼바람이 불 무렵의 저녁 시간대, 고등학교 앞에는 여러 사람들로 가득했다.

일 년에 한 번밖에 없는 행사이기 때문인지 취재하러 온 방송국도 있었고, 그 외에 수험생의 가족들이나 친구들이 옹기종기 모여서 수험생을 반기고 있었다.

"수험생들 수고 하셨어요! 괜히 헛고생 하지 말고 얼른 재수 학원에 오셔서 빠른 기숙사 생활하세요!"

"네? 합격한 것 같다고요? 설마 그럴 리가! 그건 기분 탓일 뿐입니다. 수능이 그렇게 쉬운 줄 알아?"

"재수 학원이면 역시 종로죠. 종로에서 등록하세요."

"무슨 소리! 역사와 전통이 있는 노량진 '넌 안 돼' 학원이 최고입니다! 저희는 사수, 오수까지 친절하게 가르쳐 드린다고요!"

개미 떼처럼 뭉친 사람 무리 중에서는 인형탈을 쓰고 우울한 얼굴을 하고 있는 수험생들에게 전단지를 나눠주는 재수학원 직원들도 있었다.

그중에는 누굴 놀리냐고 흥분을 참지 못하고 인형 알바를 패대기쳐서 주먹을 휘두르는 수험생도 있었다.

자업자득이었다.

"지하야!"

교문 바깥에서 딸을 기다리고 있던 어머니는 멀리서 보

이는 딸을 보자마자 환한 미소를 보여주며 반겼다.

딸은 수험장에 들어갔을 때처럼 재미없을 정도로 무심한 얼굴로 어머니에게 인사했다.

"응. 불렀어?"

딸의 반응에 어머니는 기가 찬 반응을 보였다.

"정말 익숙해지지 않는 반응이네. 잘 본 것 같니?"

"어허. 그런 거 물어본 거 아니야."

지하가 대답하기도 전에 아버지가 엄한 얼굴로 나서서 어머니에게 핀잔을 주었다.

"결과에 상관없이 지하는 오늘을 위해서 노력했고, 그걸 위해 나름대로 열심히 했을 거야. 그동안 고생했으니 공부는 잊고 놀아야지. 무슨 소리를 하고 있어?"

"어머어머! 이이가 웬일이야? 평소에 말도 없는데 이렇게 반응을 하는 걸 보면 네 아빠가 표현은 안 해도 엄청 걱정했나보다. 쿡쿡."

하지만 여자는 남자보다 강하다 했는가. 아버지가 뭐라 하건 어머니는 음흉하게 웃으면서 남편의 허리를 팔꿈치로 쿡쿡 찔렀다.

"크, 크흠!"

아버지가 부끄러운지 헛기침을 하고 머리를 홱 돌렸다.

"이 여편네가 무슨 소리를 하는 거야? 됐으니까 밥이나 먹으러 가게 얼른 차에나 타!"

"호호호. 알겠어요."

어머니는 뭐가 그렇게 즐거운지 소리 높여 웃으며 남편의 뒤를 따라가 얼른 팔짱을 꼈다.

그 단란한 광경을 보면서 지우는 쿡, 하고 작게 웃었다.

"정말 언제 봐도 사이좋은 부부라니까. 그렇지?"

"……저기, 오빠."

여동생은 자랑스러운 오빠를 올려다보았다.

그러나 표정이 조금 이상했다.

방금 전까지 아무렇지 않은 예의 무표정을 짓고 있었는데, 고운 미간을 미미하게 좁히고 있었다. 그 얼굴에 떠오른 감정은 작지만 걱정이었다.

"응?"

"무리……하는 거 아니지?"

"으, 으응? 그게 무슨 소리야?"

지하의 말에 지우는 적잖게 당황했다.

"요즘 따라 오빠가 무리하는 건 아닐까 걱정돼. 오늘만 해도 조금 심상치 않은 얼굴이었고. 어울리지 않게 험악한 표정도 지었어."

정곡을 쿡 찌르는 지적이었다.

실제로 요즘은 가족 앞에서 표정 관리를 잘 하지 못한 기분이 들었다.

트랜센더스로 인한 인간 초월, 그리고 앱스토어에 대한 비밀과 다른 두 고객에 대한 걱정 등 때문에 머릿속이 복잡했다.

아무리 트랜센더스로 마음적인 부분이 강해졌다고 해도, 말했다시피 감정적인 면이 사라지는 건 아니다.

그렇기에 걱정이나 근심 어린 부분은 숨기려 해도 할 수 없었다.

"아니야, 난 정말 괜찮아. 예전에 빚진 친구가 있었는데, 그 친구가 비싼 거 사달라고 했는데 그게 아까워서 그래."

"정말이야?"

"그럼!"

지우는 최대한 자연스러운 웃음을 보여주었다. 그리고 정말 괜찮다는 듯 괜히 오버 액션을 몸소 보여줬다.

어떻게든 여동생의 의심을 떨쳐내고, 안심시키기 위해서 노력했다.

다행히 그 노력에 결실이 있었는지, 눈을 게슴츠레 뜨고 오빠를 올려다보던 지하는 고개를 끄덕였다.

"……알았어. 그리고, 나 이제 대학도 들어갈 테니까 딱히 날 위해서 뭔가 해 주지 않아도 괜찮아. 슬슬 오빠 인생도 챙겨. 여자 친구도 없는 걸 보면 불쌍해."

"아하하. 알았다니까."

*   *   *

앱스토어 대한민국 지부.

라미아는 사무실 책상에 앉아 턱을 괸 채로 정면을 쳐다봤다. 그녀는 언제나처럼 사무적인 눈웃음을 짓고 있었다.

"어서 오세요, 고객님."

라미아가 바라보는 시선 끝에는 사람의 그림자가 서 있었다. 다만 어찌 된 영문인지 그 존재감이 흐릿하여 육안으로는 확인할 수 없었다.

분명 형체는 확인할 수 있는데 이상하게도 알아볼 수가 없었다. 도저히 이해할 수 없는 광경이다.

하지만 라미아는 그 그림자의 정체를 확연하게 볼 수 있는 건지, 그 그림자의 눈 부근을 똑바로 바라보면서 매력적인 입술을 통해서 말을 꺼냈다.

"부탁하신 대로 정지우 고객님에게 잘못된 정보를 전해

드렸습니다. 항상 저희 앱스토어를 이용해 주셔서 감사합니다. 그럼 거짓 정보를 가르쳐 주었으니, 계좌에서 십억을 빼가도록 하겠습니다."

"······흥."

그림자는 무언가 마음에 안 드는 듯이 코웃음을 쳤다.

그 후, 라미아에게 어떤 말을 전했다.

"어머, 나쁜 년이라뇨. 그런 심한 말을 하시면 곤란합니다."

라미아가 어깨를 으쓱였다.

"원래 앱스토어는 더 많은 상품을 구입해 주신 소비자분을 좋아할 뿐인걸요. 사랑합니다, 고객님."

〈다음 권에 계속〉